忘れえぬ秋の夜

キャシー・ディノスキー 作

植村真理 訳

シルエット・ディザイア

東京・ロンドン・トロント・パリ・ニューヨーク・アテネ・アムステルダム
ハンブルク・ストックホルム・ミラノ・シドニー・マドリッド・ワルシャワ
ブダペスト・リオデジャネイロ・ルクセンブルク・フリブール

The Expectant Executive

by Kathie DeNosky

Published by Harlequin K.K., Tokyo, 2007

キャシー・ディノスキー　ウォールデンブックスのベストセラーリストにもたびたび登場する人気作家。イリノイ州南部に夫と三人の子供たちと住む。ティーンエイジャーのころからロマンス小説を読んでいたが、自分で書き始めたのは、一番下の子供が学校に通い始めてからだという。作家になる以前は絵画教師をしていた。今では絵筆を鉛筆に持ち替え、物語を描くことが気に入っている。

主要登場人物

フィノーラ・エリオット……雑誌社編集主任。
ジェシー・クレイトン……フィノーラの娘。
ケード・マクマン……ジェシーの婚約者。
パトリック・エリオット……フィノーラの父。
メーヴ・エリオット……フィノーラの母。
シェーン・エリオット……フィノーラの双子の兄。
トラヴィス・クレイトン……牧場主。ジェシーの養父。

1

「信じられないわ。もう今日から、十一月だなんて」フィノーラ・エリオットは電子手帳を開き、スケジュール表に目を走らせながら、ひとりつぶやいた。

〈エリオット・パブリケーション・ホールディングス〉の創設者にして最高経営責任者、そしてロングアイランドに拠点を置くエリオット一族の長老パトリックが引退する日まで、あとわずか二カ月しかない。

パトリックはその日に、長いあいだ自身が君臨してきたエリオット帝国の後継者として、四人の編集主任のうちのひとりを指名すると宣言したのだ。後継者にいちばんふさわしい者を決めるために父親が仕掛けた競争に、フィノーラはなんとしてでも勝つつもりだった。

〈エリオット・パブリケーション・ホールディングス〉を受け継ぐため、フィノーラはこれまで仕事ひと筋で生きてきた。ふたりの兄と甥《おい》も、今回の候補者として考慮されてはいる。でもパトリックは、わたしの働きぶりにいちばん恩義を感じているはずよ――フィノーラは、ここ何年も父親とは思っていない男性の心中を想像した。そう、そしてパトリックはそれ以上にわたしに対して、負い目を感じているはずだ。

とはいえ、二カ月後、『バズ』『スナップ』『パルス』『カリスマ』の四誌の売り上げをパトリックが改めて調査するとき、『カリスマ』誌が文句なしに勝利を収めていなければならない。フィノーラにとって『カリスマ』誌は、わが子も同然の存在だった。

四月から六月期の終わりには、フィノーラ率いるファッション誌『カリスマ』は首位を走っていた。しかし、残念ながらここ二カ月は、双子の兄であるジェーンの芸能ゴシップ雑誌『バズ』に後れを取っていた。

でも心配するには及ばない。また何もかもが軌道に乗り、フィノーラの思うように動きはじめているのだから。

最近になってオフィスのデスクに飾った、額縁に入れた写真に目をやり、フィノーラはいとおしげにほほえんだ。この写真こそ、近ごろ、エリオット帝国の後継者になるという目標達成が二の次になっている原因だった。

写真に映るのは、フィノーラの雑誌社で働いている研修生ジェシー・クレイトン。二十三年前、まだ赤ん坊だったときに父パトリックに強引に養子に出された、フィノーラの実の娘だ。親子だと名乗りをあげてからというもの、ふたりは奪われた時間を埋め合わせるかのように、多くのときをともに過ごしてきた。

ジェシーはすばらしく魅力的な女性に成長していた。母と娘はこの数カ月をともに過ごすうちに、すっかり打ち解け合って親密な関係を築いていた。このあいだはジェシーと一緒に、コロラドにあるシルバー・ムーン牧場を訪ねもした。そこでフィノーラは彼女の養父に会い、ジェシーが育った場所を見てきた。

だが、ジェシーは目下、『カリスマ』誌の副編集主任としてフィノーラの右腕を務めるケード・マクマンとの結婚式の準備にかかりきりだった。式は今月末に迫っているため、準備も最終段階に入っているのだ。そのためフィノーラは、また自分のことに集中せざるをえなくなった。

フィノーラは口に手を当て、あくびを噛《か》み殺した。

いつもこんなに疲れきっていなければいいのにと、願わずにいられなかった。

十一月分の『カリスマ』誌の成長予想についての覚え書きを見直そうと、フィノーラは電子手帳の画面を十月のスケジュールに切り替えた。そのとたん、ぞくりと肌があわ立ち、背筋を冷たいものが駆け抜けた。

おかしいわ。なぜ十月の生理開始日の記録がないの？

画面を九月のスケジュール表に切り替えるや、フィノーラの心臓は止まりそうになった。それから、大きな音をたてて、肋骨《ろっこつ》にばくばくと打ちつけはじめる。

六週間近くも生理がない？

「そんなはずないわ」

きっと、十月分の記録を入力し忘れたのだろう。

フィノーラはそう自分に言い聞かせた。しかしいくら記憶の糸をたどってみても、ジェシーとシルバー・ムーン牧場に行ったあと、生理があった覚えがない。

フィノーラは背もたれの高い革張りの椅子にもたれかかり、大きな窓の外に広がるマンハッタンの摩天楼を呆然《ぼうぜん》と見つめた。

これまで生理が来なかったことは、過去に一度きりだ。十五歳のとき、ひとつ年上の恋人セバスチャン・デベローと情熱的な一夜を過ごした結果、妊娠した。でも、今回は妊娠する心当たりがまったくない。

フィノーラは思わず笑い出しそうになった。妊娠するには、だれかとつき合わなければならない。しかし、フィノーラにそんな覚えはなかった。仕事を抜きにして、最後に男性と夜に出かけたのがいつだったかも思い出せない。それが、広告主になる可能性のある顧客であれ、『カリスマ』誌で新作を特集したデザイナーたちのひとりであれ、記憶になかった。

フィノーラの社交生活は、ずいぶん長いあいだ、仕事に力を入れすぎたせいでおざなりになっていた。だが突然、フィノーラははっと息をのんだ。つき合っていなくても妊娠する可能性はある。彼女の脳裏に、ジェシーの養父トラヴィス・クレイトンの家で催された、ジェシーとケードの婚約記念パーティーの光景が浮かんだ。

あの夜、古びたすてきな馬小屋へとトラヴィスに案内してもらい、母馬と子馬を見に行ったときの記憶がまざまざとよみがえった。フィノーラの頬は燃えるように熱くなった。

きっかけは、何気ない抱擁にすぎなかった。ただトラヴィスと亡き妻ローレンに、ジェシーを育ててくれた感謝の意を表したかったのだ。

それがいつしか熱を帯び、官能的な抱擁に変わってしまった。いま思い出しても息が苦しくなるほど、激しい抱擁に。

あんなに我を忘れて情熱に流されてしまったのは、ジェシーを身ごもった夜をのぞけば、今回が初めてだ。

フィノーラは下唇を噛み、考え込んだ。

トラヴィスと我を忘れたあの夜に妊娠しただなんて、ありえるかしら?

フィノーラは首を横に振り、即座にその考えを捨てた。

ありえないことはないが、可能性はゼロに近い。四十歳に近づくと妊娠するのに時間がかかると、何かの本で読んだことがある。フィノーラは現在三十八歳だ。自分でも認めるのはいやだけれど、確実に四十歳に近づいていた。

それに、運命がそこまで残酷なはずはない。たしかに、セバスチャン・デベローにバージンを捧《ささ》げた夜に、フィノーラはジェシーを妊娠した。でも一般的に考えれば、男性と一夜をともにしただけで妊娠する確率はとても低いのだ。

そう。生理が遅れているのは、ほかに原因があるはずよ。

フィノーラはくるりと椅子をまわしてデスクに向き直り、産婦人科医に予約を入れようと電話に手を伸ばした。そのとき、予期せぬ光景が目に飛び込み、息をのんだ。

トラヴィス・クレイトンが広い肩を戸口にもたせかけて立っていた。

「ここを訪ねるのに、ぼくの見た目がふさわしいとは思っていないが、まさか美しい女性を怖がらせてしまうほどとはね」トラヴィスはユーモアのこもった深みのある声で言った。

罪なまでに青い目に、からかうような光が浮かんでいる。フィノーラは体じゅうに、温かいものが駆けめぐるのを感じた。ジェシーの養父ほど粗削りなハンサムは、見たことがない。

四十九歳という年齢よりずっと若く見えるトラヴィス・クレイトンは、つばが広くて黒いカウボーイ・ハットから大きなブーツに包まれた足もとまで、典型的な現代の西部の男だった。着古したジーンズ。ひどくたくましい肩を強調するかのようなシャンブレー織りのシャツと、西部風のスポーツジャケット。彼ならたやすく、男性用コロンの広告を飾るモデルになれる。

「トラヴィス、また会えてうれしいわ。ジェシーったら、今週あなたがこっちに来るなんてひと言も言っていなかったわ」

フィノーラは立ち上がると、デスクの横をまわって彼を出迎えた。

「さあ、入って。座ってちょうだい」

トラヴィスは背筋を伸ばし、自信たっぷりな足取りでフィノーラのオフィスに入ってきた。彼に笑顔を向けられたとたん、フィノーラの爪先はイタリア製のハイヒールのなかで丸まった。

「このあいだジェシーと電話で話したら、結婚式の準備に追われて少々うんざりしている様子だったんだ。だから、突然訪ねて驚かせてやろうと思ってね」トラヴィスはそう言って、デスクの前に置かれた椅子に腰を下ろした。

「父親のちょっとした心づかいは大切よ」フィノーラは相槌《あいづち》を打った。

子どもの感情面にまで気づかってやれる父親を持つのは、どういうものなのだろう。パトリックの子育てに対する態度は、独裁者そのものだった。自分の命令が子どもや孫たち……とりわけフィノーラの気持ちにどんな影響を与えるかなど、彼は考えもしないのだ。

「元気だったかい、フィノーラ?」フィノーラが隣の椅子に座ると、トラヴィスがたずねた。

なめらかな低い声には、心からの温かい気づかいがにじんでいる。フィノーラの背筋は小さくふるえた。「ええ、元気よ。あなたは?」

トラヴィスはたくましい肩をすくめた。「まずまずだ」

彼はフィノーラのオフィスを見まわし、デスクの上に山積みになっている広告の校正刷りに目を留めた。

「きみはどうしているかと、ジェシーにきいたんだ。そうしたら、お父さんが仕掛けてきた競争に勝つために髪を振り乱しながら仕事をしていると言っていたよ」

トラヴィスは、わたしのことをジェシーにたずねたのだ。フィノーラの胃は軽く跳ね上がった。

「競争やらジェシーとケードの結婚式の準備やらで、

フィノーラは同情を込めてうなずいた。「これまでずっと、娘にとっていちばん身近な男性だったのに、いきなり二位の座に甘んじなくてはいけないんですもの。難しいと思うわ」

「信じられないよ。ジェシーが結婚するようなお年ごろになったとはね」

トラヴィスはカウボーイ・ハットを脱ぎ、白いものが目立ちはじめた濃いブロンドの髪を手で梳《す》いた。それから帽子をかぶり直して、寂しそうな表情を浮かべた。

「あの子の華奢《きやしや》な肘にキスをして、幼稚園の道具類に名前の書き方を教えたのが、つい昨日のことに思えるのに」

かすかな嫉妬《しつと》心を覚え、フィノーラの胸は痛んだ。パトリックに無理やり赤ん坊を養子に出されたときには、手ひどく裏切られた気がしたものだ。

ふたりはしばらくのあいだ、ただ黙って座っていた。

「これまでは、仕事に没頭することで気を紛らわせてきたのよ。コロラドの牧場のほうはどう？　ひとりでは目がまわるほど忙しいの」

「だろうね」トラヴィスはくすくすと笑った。「ぼくも結婚式の準備で浮かれているよ。ジェシーとバージンロードを歩くまでは、そわそわしっぱなしさ。ジェシーが言うには、ぼくはニューヨークにいるあいだに、タキシードの最後の仮縫いに行くだけでいいらしいんだ」

フィノーラはすぐに、トラヴィスの本音を見破った。トラヴィスとジェシーは、仲のいい父と娘だ。きっと彼は、自分だけがのけ者にされた気がして、はるばるコロラドからニューヨークに出てきたに違いない。

「あなたもつらいわね、トラヴィス」

トラヴィスはうなずきかけたものの、すぐに照れ笑いを浮かべた。「わかってしまったかい？　うまく隠しおおせたつもりだったんだが、失敗したようだな」

た。ややあってトラヴィスがまた口を開いた。「急な話なんだが、実はここに立ち寄ったのは、今夜ジェシーとぼくと三人で夕食でもどうかと思ってね。〈レモン・グリル〉とかいう店で待ち合わせをしているんだ」トラヴィスはにやりとした。「名前から察するに、まともなステーキが食べられそうな店だ」

フィノーラはほほえんだ。「食べられるわ。おいしい料理を出す、こぢんまりとしたすてきなレストランよ」

「きみも来るかい？」

きっぱり断るべきだと、フィノーラは思った。トラヴィスとは、ジェシーに愛情を抱いている以外にはなんの共通点もない。でもどうしてかはわからないが、出会った瞬間から彼女は、トラヴィスに惹《ひ》かれていた。

「せっかくの父と娘の水入らずの時間を、邪魔したくないわ」

トラヴィスは首を横に振った。「ジェシーはきみの娘でもあるんだよ。来てほしくなければ、誘わないさ。きみだって、ジェシーとできるだけ一緒に過ごしたいはずだ。お互いあの子を大切に思っているんだから」

ジェシーが彼女の娘でもあるというトラヴィスの言葉に、フィノーラの胸はいっぱいになった。「ほんとうにいいの？」

トラヴィスの大きな手が、フィノーラの手を包み込んだ。日々の労働で皮膚が硬くなった手のひらの感触に、興奮が腕を駆け上がる。

「もちろんだ」トラヴィスの信じられないくらい青い目が、本気で一緒に食事をしてほしいと告げている。「この町いちばんの美女ふたりとデートをしたくない男なんて、いるはずがないよ」

実のところ、ひとり住まいには広すぎるアパートメントでテイクアウトの夕食を食べながら、『カリスマ』誌の成長予測と利益率が記された書類をチェックするより、トラヴィスとジェシーと夜を過ごすほうがはるかに魅力的だった。それに、もうひと晩だけ仕事を先延ばしにしたところで、〈エリオット・パブリケーション・ホールディングス〉の後継者争いに勝てなくなるわけではない。

「な、何時にお店に行けばいいの？」どうしてかしら？　突然、学校一ハンサムで人気者の男子生徒から、ホームカミング・デイのダンスに申し込まれたティーンエイジャーみたいな気分になってしまうなんて。

「八時に来てくれ」フィノーラの手をつかんだままトラヴィスは立ち上がり、彼女を椅子から引っ張り起こした。「きみはそろそろ仕事に戻ったほうがいいね、お父さんが提案した競争に勝つつもりだったら」

「そうかもしれないわね」なぜ自信たっぷりに答えられないのか、フィノーラは我ながら不思議だった。トラヴィスがここに現れる前なら、きっぱりとした返事ができたはずなのに。

トラヴィスは身をかがめ、フィノーラの額にそっとキスをした。「じゃあ、また今夜会おう、フィノーラ」

彼の唇が触れた場所がうずく。フィノーラが何か言う前に、トラヴィスはカウボーイ・ハットの幅広の縁にうやうやしく手を当て、くるりと踵《きびす》を返して立ち去った。

トラヴィスを見送りながら、フィノーラは扇子で顔をあおぎたい衝動に駆られた。身長が百九十三センチもあり、セックスアピールを備えた彼がいただけで、部屋の温度が急上昇した気がする。いまのキスは、単に親愛を示すためのものに違いない。それでも、急に過敏になった肌に彼の唇が触れたとき、胸がどきどきするのを、フィノーラは抑えられなかった。

「彼、カルバン・クラインが新しく発表したカウボーイ・コロンのモデルですか?」彼と入れ違いにオフィスに入ってきた、秘書のクロエ・ダヴェンポートがたずねた。肩越しにちらりと、トラヴィスの後ろ姿を見る。「彼のカウガールに申し込めますかね?」

フィノーラは秘書にほほえんだ。「だめだめ。彼はトラヴィス・クレイトン。ジェシーの父親なのよ」

「ほんとうに?」若い秘書はもう一度名残惜しげに振り返ってから、オフィスのドアを閉めた。「あの人は本物ですね」

「現役のカウボーイという意味なら、イエス。彼は本物よ」

クロエは物欲しげにため息をついた。「コロラドにあんなに魅力的なカウボーイがいるなら、そのうちに行ってみないと」

フィノーラはにっこりした。「で、チェルシーのあのすてきな小さなアパートメントはどうするの?」

「まあ、そうでした。ようやく思いどおりに内装しおえたところだったんです」最新の会計報告書をフィノーラに手渡しながら、クロエは続けた。「ニューヨークに残って、都会のカウボーイを見つけるしかなさそうですね」

フィノーラはうなずいてから、報告書に注意を向けた。「〈エリオット・パブリケーション・ホールディングス〉の最新情報は? ライバル誌に関して知っておくべきことはある?」

若い秘書は首を横に振った。「特に何も聞いていません。相変わらず、あなたとシェーンが最高経営責任者の最有力候補です。いまのところ『バズ』誌の売り上げは『カリスマ』誌をわずかに上まわっています。でも経理部では『カリスマ』誌が本命視されているようです」

「そう……よかったわ」突然、フィノーラは軽い眩暈《めまい》を覚え、デスクに戻り背もたれの高い椅子に座った。医者に診てもらう必要がありそうだ。

「フィノーラ、だいじょうぶですか?」クロエが美しい顔を心配そうにしかめた。

フィノーラはうなずき、弱々しくほほえんだ。

「疲れただけよ」

「あなたの体が心配なんです、フィノーラ。働きすぎですよ」クロエはなおも顔をしかめた。「あなたは、いつも何かに駆り立てられている。でもこの十カ月は、まるで何かから逃げるように仕事中毒になっているわ」

「だいじょうぶよ、クロエ」

クロエは疑わしげな表情を浮かべた。「ほんとうですか?」

フィノーラはほほえみながらうなずき、報告書を秘書に返した。「さあ、これをケードに渡して、彼に伝えてちょうだい。明日の朝いちばんに、この数字について検討するって」

「ほかには?」

フィノーラは時計を見た。「ないわ。何件か電話をしたら、今日はもう仕事は終わりにするわ」

クロエは仰天した。「冗談でしょう? 夜の九時前にオフィスを出たことのないあなたが? 朝出社して、ソファーで寝ているあなたを見つけたことも何度もありますよ。ほんとうにだいじょうぶですか? だれか呼びましょうか?」

「いいえ、呼ばなくていいわ」フィノーラはほほえみ、手のひらであくびを隠した。「ディナーの約束をしたのよ。少し昼寝をしないと、前菜とメインコースのあいだに眠ってしまうわ」

「それじゃあ、ビジネスになりませんものね」クロエは納得した様子で、頭を振りながらドアへ向かった。

フィノーラはクロエの思い違いをわざわざ訂正したりせず、秘書が静かにドアを閉めて出ていくのを見送った。実際は、今夜のディナーはビジネスとはなんの関係もない。純粋に楽しみのためだ。

ただひとつ気がかりがあるとすれば、再会した娘と過ごすのが楽しみなのか、娘の養父と過ごすのが楽しみなのか、フィノーラ自身よくわからないことだった。

トラヴィスはひどく場違いな気分を味わっていた。コンクリートと鋼鉄でできた街ニューヨークは、彼が馴染《なじ》んでいる広々とした開放的な空間とは大違いだった。

レストラン〈レモン・グリル〉は、ウインチェスターで催される家畜のオークションに出かけるときにトラヴィスがときどき立ち寄る小さな食堂とは、まるで違った。トラヴィスはいま、マンハッタン中心部の金持ち客相手のレストランに座り、鉛筆のように細い口髭《くちひげ》をたくわえて髪を後ろに撫《な》でつけた小うるさい小柄なウエイターにつきまとわれていた。

「わたくしはヘンリーと申します。今夜、お客さまのサービスを務めさせていただきます」全身をぴかぴかに磨き上げたウエイターは、不自然に白い歯を見せてにっこりとほほえんだ。「お客さまのようなご立派な紳士には、お連れさまをお待ちのあいだにお飲み物をお勧めしていますが?」

トラヴィスは顔をしかめた。この小男は、簡単な質問をするのにずいぶんごたいそうな言葉を並べ立てる。トラヴィスは持ってまわったような言い方ではなく、何が飲みたいかをずばりときかれるのに慣れていた。

「ビールを頼む」

「国産と輸入物、どちらがよろしいですか？」

気取った小柄なウエイターをからかってやろうと、トラヴィスはにやりとした。「紳士とやらはどちらが好きか知らないが、ぼくは国産がいいんだ」立ち去ろうとするヘンリーに向かって、ロッキー山脈だけで醸造されている銘柄のビールを注文した。

「申しわけありませんが、そちらのブランドは当店では扱っておりません」ヘンリーの謝罪は、彼のまがい物の歯に負けないくらい白々しかった。彼は店にあるビールの名前をすらすらと並べ立てた。「どれがよろしいですか？」

「まかせる」

「かしこまりました」

ウエイターが立ち去ると同時に、フィノーラがレストランの入り口に現れたのが見えた。彼女は女主人に何やら話しかけたあと、トラヴィスのテーブルに向かってきた。

なんて美しいんだろうと、トラヴィスは感嘆せずにいられなかった。今夜のフィノーラは濃い金褐色の髪をおしゃれに肩にたらし、体のラインにぴったりの黒いドレスに身を包んでいる。さながらモデルのようだ。とても二十三歳の娘を持つ母親には見えない。

フィノーラが近づいてくると、トラヴィスは立ち上がって迎えた。珊瑚《さんご》色の美しい唇が、温かい笑みを刻む。トラヴィスの心臓は口から飛び出しそうになった。

「ごめんなさい、待たせてしまったかしら。今夜は特に、市内の道路が混雑していたの」

「きみが運転してきたのかい？」

トラヴィスは彼女のために小さなテーブルの椅子を引いた。フィノーラが腰を下ろすのを待って続ける。

「たしかジェシーが、きみは免許を持っていないと言っていたが」

フィノーラの楽しそうな笑い声が、椅子に座ったトラヴィスの下腹部に思いがけない熱を呼び起こした。「そのとおりよ。ハンドルを握ったことすらないわ」

「冗談だろう?」十歳からトラックやトラクターで牧場を走ってきたトラヴィスには、信じがたかった。ジェシーにも十二歳になるころには、運転を教えてやったものだ。「きみは一度も――」

「ええ、一度もないわ。家にいたとき、兄たちとわたしはどこに行くにも運転手に連れていってもらえたの。ハンプトンからマンハッタンのアパートメントに移ってからは、車が必要なかったし。なんでも近い場所にあるから、歩けば用がすむの。徒歩が無理なら、会社のリムジンかタクシーを利用できるし」フィノーラは目をきらきらと輝かせ、つけ加えた。「でも、運転を習ったら楽しいだろうってずっと思っていたわ」

「じゃあ、今度シルバー・ムーン牧場に遊びに来たら、ぼくが教えてあげるよ」トラヴィスは言いながら、顔がにやけてしまうのを抑えられなかった。

フィノーラの目が温かみを帯び、トラヴィスは息をのんだ。「うれしいわ、トラヴィス。どうもありがとう」

フィノーラがシルバー・ムーン牧場にまた来る。そう思うと、トラヴィスの心臓はマーチングバンドのドラムさながらに激しく打ち出した。

磁器を思わせるフィノーラの頬は、うっすらと赤く染まっていた。美しいエメラルド色の目には、温かな表情が浮かんでいる。トラヴィスの下腹部に欲望がもたらされ、不意に彼はズボンの前がきつくなった気がした。フィノーラもぼくと同じように、先月、牧場でふたりのあいだに起こった出来事を思い出しているのだ。

「そちらのレディも、食事の前にお飲み物はいかがですか？」トラヴィスのビールを持ってきたヘンリーがフィノーラにたずねた。

フィノーラに向かってヘンリーが、あからさまに賞賛するような目を向けたので、トラヴィスはむっとした。

「レモン入りの水だけでいいわ」フィノーラは小うるさいウエイターに答えた。

ヘンリーが立ち去ると、フィノーラはトラヴィスにたずねた。

「ジェシーは？　もう来ているものと思ったけれど」

トラヴィスは首を横に振った。「わからない。仕事のあと、ケードと一緒にハネムーンに使う航空チケットを取りに行くと言っていたけれど、あれからもう三時間もたった。こんなにかかるはずはないんだが……」

フィノーラのやわらかく華奢な手に手を取られ、トラヴィスの声はそこでとぎれた。

「だいじょうぶよ、トラヴィス。ジェシーとケードが、結婚式の介添え人用のギフトを引き取るために宝石商に立ち寄ると言っていたのを聞いたの。きっと思ったより手間取っているのよ」

急につまってしまった喉から、なんとかトラヴィスが言葉をしぼり出そうとしていると、ヘンリーが現れてフィノーラの前に水の入ったグラスを置いた。それから彼は、トラヴィスに向かって言った。「お客さまにお電話です。カウンターまでご案内しますので、ついてきていただけますか？」

フィノーラはにっこりとほほえんだ。「ジェシーだわ。渋滞に巻き込まれたのよ」

「だといいが」ジェシーはなぜ、ぼくの携帯電話に連絡しなかったんだろう？　ちらりとそんな疑問がよぎったものの、レストランに入ったときに携帯電話の電源を切っておいたのを思い出した。

フィノーラに断って席を立ち、トラヴィスはヘンリーのあとについてレストランのカウンターに向かった。ジェシーがニューヨークに住んで、丸一年になる。だが、かわいい娘が大都会の道路の真んなかにいると思うと、いまだに不安で胸が騒いだ。ジェシーの婚約者ケードから、何があってもお嬢さんを守り幸せにします、と請け負われたときは、少し不安が和らいだものだ。もしジェシーの身に何かあったら、監督不行き届きの罪で、ケードの頭を銀の大皿で殴ってやる。

レストランの女主人から受話器を受け取り、大切な娘の声を聞くと、トラヴィスはほっとした。「もしもし、パパ？」

「どこにいるんだい、エンジェル？　だいじょうぶなのか？」

「ええ、平気よ。でも、今夜はパパたちとディナーができそうにないの」一瞬間が空く。「あの、ちょっと頭痛がするから、早めに寝ようと思って。フィノーラとふたりで食事をしてもらっても、かまわないかしら？」

「もちろんだよ、プリンセス」トラヴィスは、テーブルで彼の戻りをじっと待っている美しい女性のほうを見やった。フィノーラと今夜ふたりで過ごすと思っただけで、ロコ草を食べた馬のように気がはやった。

「よかった。きっとふたりで楽しめるわ。〈レモン・グリル〉の料理は最高ですもの」ジェシーはやけに熱心に勧める。それに、具合が悪そうな声にはちっとも聞こえない。「フィノーラに謝っておいて。明日の朝、オフィスで会いましょうって伝えてちょうだい」

「伝えておくよ、エンジェル」トラヴィスはジェシーの魂胆を早々と見抜いていた。もっと外に出て積極的に人とつき合うべきだと、ジェシーはこの二十年間、父親を焚《た》きつけてきた。どうやらぼくのかわいい娘は、ぼくと産みの母親の縁結びを買って出ようとしているらしい。

「そうそう、忘れないで、パパ。明日ランチのあとで、紳士服店に行ってタキシードの仮縫いをするわよ」

「おまえは、まだぼくにあのタキシードを着せるつもりなのか？」

「きっと結婚式で、パパがいちばんすてきに見えるわよ」ジェシーは笑った。「愛しているわ、パパ。また明日」

「ああ。愛しているよ、ジェシー」

トラヴィスは電話を切って受話器を女主人に返し、フィノーラの待つテーブルに戻った。

「どうやら今夜はぼくたちだけのようだ」トラヴィスはそう言って、椅子に座った。

フィノーラがけげんな表情で見る。「ジェシーは来ないの？」

「ああ」トラヴィスはうなずいた。「頭痛がするから早く寝るらしい」

「お連れさまがいらっしゃらないなら、もう注文されますか？」不意にトラヴィスのそばにヘンリーが現れた。どうやらふたりの会話に聞き耳を立てていたらしい。

でしゃばりなウエイターにうんざりしたトラヴィスは、彼に鋭い一瞥《いちべつ》をくれた。ヘンリーはすぐさまその場を立ち去った。

「小うるさいオネリーのいない場所でゆっくり話をしないかい？」

フィノーラの顔に当惑が浮かぶ。「オネリーって？」

「ヘンリーと不愉快なやつ《オネリー》」トラヴィスはにやりと

した。「同じじゃないか」

フィノーラがほほえむと、トラヴィスの体内で不思議な変化が起こった。「だれにもわずらわされずに話ができる場所を知っているわ」

「そいつはいい」トラヴィスは手を挙げてヘンリーに合図した。

小柄なウエイターは飛んできた。「ご注文がお決まりですか？」

フィノーラはトラヴィスに口を挟むチャンスを与えずに言った。「いいえ、気が変わったの。今夜はここで食事をするのはやめたわ」

ヘンリーがほかの客につきまといに行ってしまうと、ふたりは店を出た。トラヴィスは冷たい十一月の風から守るように、フィノーラの腰に腕をまわした。

フィノーラのほっそりした体が脇《わき》に押しつけられ、トラヴィスの血圧はたっぷり五十は上昇し、最後にフィノーラを抱き締めたときの記憶がよみがえった。体が緊張し、ジーンズのズボンがワンサイズかツーサイズ小さくなったように感じた。

「それで、ウエイターが客をほうっておいてくれるレストランの名前は？」ようやく声が出るようになってから、トラヴィスはたずねた。

「レストラン・フィノーラ・エリオットよ」

思いがけぬ答えに、心臓がばくばくと打ち出した。トラヴィスは呼吸の仕方を思い出さなければならなかった。

「きみの家に行くのか？」

フィノーラはうなずき、にっこりした。「ステーキをあきらめてもいいなら、わたしのアパートメントでテイクアウトの中華料理を食べましょう。聞き耳を立てるウエイターもいないから、ゆっくり話せるわ」

春巻きや八宝菜が特に好物というわけではない。

だが、これまでお目にかかったなかでいちばんの美女とふたりきりで夜を過ごすためなら、トラヴィスはどんな料理だろうとかまわなかった。

フィノーラの気が変わらぬうちに、トラヴィスは近づいてくる黄色い車に向かって手を挙げた。「タクシー!」

2

自宅のアパートメントに戻ったフィノーラはさっそく、ひいきにしている中華レストランに電話をかけた。店員のミスター・チャンに注文を伝えながら、室内を眺めまわしているトラヴィスの様子を見つめた。

フィノーラは気になった。トラヴィスは、まるでアッパー・イースト・サイドのほら穴のようなこのプライベート空間をどう思っているのだろう？　クロムとガラス、白と黒でまとめられた、ひとり暮らしにしては広すぎる書斎。コロラドにかまえる、温かい装飾がほどこされたトラヴィスの家とはまったく違う。

シルバー・ムーン牧場にあるトラヴィスの家は、だだっ広くてごちゃごちゃとした印象だった。でも人を温かく迎え入れてくれる心地よさが漂っていて、フィノーラのアパートメントにないものをすべて備えていた。トラヴィスの家には、愛情と家族……人が楽しく生活をしている雰囲気がある。

かたやフィノーラのアパートメントときたら、殺風景で冷たい印象で、人が住んでいる気配がまるでない。

もちろん、ほとんどオフィスにいるため、一日に数時間しかここで過ごさないせいもあるだろう。おまけに、インテリア・デザイナーに内装をまかせっきりにしたまま、自分なりの個性を加える努力もしなかった。

けれどいちばん悲しいのは、ここに移り住んで数年がたつというのに、相変わらずアパートメントを自分らしくすることにまったく興味がわかないことだった。

「ミスター・チャンが十五分で届けてくれるそうよ」注文を終えて電話を切ると、フィノーラは言った。「料理が来るまで、何か飲んで待っていましょう。冷蔵庫にワインがあるわ。それとも、コーヒーか紅茶がいい？」

「では、コーヒーを頼む」

振り向きざまにトラヴィスが見せた笑顔に、フィノーラの全身に鳥肌が立った。背筋に甘いうずきが走る。

間違いなく、トラヴィスはこれまで出会った男性のなかで、もっともセクシーな人だ。彼は、自分がどんなにハンサムで、どれほど女性の胸を高鳴らせて焦《じ》らすことができるか、ちゃんとわかっているのかしら？

ばかなまねをしでかさないうちに少し彼と距離を置かなくては。フィノーラは唐突にそう思い立ち、キッチンのほうへ歩き出した。トラヴィスは、実の娘ジェシーの養父なのだ。彼と亡くなった妻ローレンは、かつてフィノーラが泣く泣く養子に出した小さな娘を、立派に育て上げてくれた。その彼に欲望を感じて、ようやくスタートしたばかりのジェシーとの関係をややこしくするのは、なんとしても避けたかった。

そもそも、だれかに欲望を抱くなんてわたしらしくないわ。

「コーヒーメーカーを動かしてくるわね」

「手伝おうか？」

フィノーラは立ち止まり、ゆっくりと彼を振り返った。

トラヴィスがリビングルームの奥に立っているだけで、明らかにいつもよりも室内が狭く感じられる。キッチンでそばに来られでもしたら、どれほど狭苦しく思えることだろう。おまけに、逃げようにも逃げられなくなる。

「いいえ」あわてて答えたため、ぶっきらぼうな口調になってしまった。声の調子を和らげるように、フィノーラはにっこりとほほえんでみせた。「どんなに想像力をたくましくしても、わたしは家庭的には見えないでしょうね。でも、コーヒーくらいはひとりでいれられるのよ」白いベロアのソファーを片手で示す。「二、三分でできるわ。あなたはくつろいでいて」

「じゃあ、そうさせてもらおう」彼の笑みに、フィノーラの爪先から頭のてっぺんまで熱い波が押し寄せた。

フィノーラはその場に立ちつくし、トラヴィスがつば広の帽子と西部風のスポーツジャケットを肘掛け椅子の背に脱ぎ捨てるのを見ていた。母親から繰り返し教えられた、客をもてなす際の正しいマナーなどどこかへ吹き飛んでしまい、フィノーラはトラヴィスを残して、ひとりそそくさとキッチンへ向かった。

ほんとうはマナーに従って彼の帽子とジャケットを拾い、クローゼットにしまうべきなのはわかっていた。でも、トラヴィスがシャンブレー織りのシャツのカフスボタンをはずし、日焼けしたたくましい腕があらわになるまで袖《そで》をまくりはじめたとたん、逃げるが勝ちということわざに従ったほうがいいと判断したのだ。

ひと月前、あの腕に優しく抱き締められた。馬小屋でトラヴィスと分かち合った情熱的なひとときが脳裏によみがえって、鼓動が速まり、フィノーラは小さなあえぎ声をもらした。

何もかもが魔法のようにすばらしかった。この一カ月、あの夜の出来事をどんなに忘れようとしたことか。

「だめよ、しっかりしなさい」フィノーラは、小刻みにふるえる自分の手を見てつぶやいた。コーヒーの粉をスプーンですくって、フィルターケースに入れる。

「何か言ったかい?」リビングからトラヴィスの声がした。

「いいえ、独り言よ」

フィノーラは目を閉じて頭を振り、心をかき乱す記憶を振り払おうとした。いったいどうしてしまったのかと、心に問いかける。

フィノーラ・エリオットは、世界有数のファッション雑誌の編集主任であり、重役会議室で恐れられる存在だ。彼女が眉をくいっと上げるだけで、どんなに怖いもの知らずの研修生も、たちまち及び腰になる。

それなのにトラヴィスと一緒にいると、フィノーラは自分が女であることをいやというほど思い知らされた。出版業界でのキャリアと引き換えに、女性としての欲望に目を背けてきたことを思い知らされた。

この数カ月でフィノーラは、キャリアを築くだけでは人生はとうてい満たされないと、遅ればせながら気づいた。これまで、『カリスマ』誌をファッション雑誌界のトップにすることだけに身を捧《ささ》げてきた。けれど、ジェシー・クレイトンが生き別れだった娘だとわかり、その養父トラヴィスに会って以来、キャリアと引き換えに自分が何を失ったのかをようやく知った。

フィノーラが少女のころに抱いていた夢は、結婚して母親になり、幸せな温かい家族を持つというものだった。しかし、パトリックの手で赤ん坊と無理やりに引き離され、赤ん坊の父親にも二度と会うことを禁じられたとき、彼女の夢は無残にも砕け散った。

パトリックは、子どもを手放したくないというフイノーラの涙ながらの訴えを無視した。彼を許すつもりはない。失ったものも帰ってこない。

エリオット夫妻は娘のスキャンダルを世間や仕事仲間から隠そうとして、フィノーラをカナダの修道院に送った。やがて修道院から戻った彼女は、苦しみを紛らわせるために、勉強、そして仕事に没頭した。

でも、何もかも無駄だったんだわ。心でそうつぶやき、フィノーラは重いため息をついた。

結局これまでに何を成し遂げたにせよ、残ったのは、中年に近づきつつあるというのに独り身で、救いようのない仕事中毒になりかかっているという現状だけ。

「だいじょうぶかい？」

フィノーラはトラヴィスの声に、思わず飛び上がりそうになった。さっと振り向くと、昼間オフィスでしていたように戸口に広い肩をもたせかけ、トラヴィスが立っていた。「ええ、もちろんよ。どうして？」

トラヴィスは戸口から離れ、一歩近づいてきた。「ぼんやりと遠くを見て、まるで心ここにあらずといった様子だ」

フィノーラは首を横に振った。コーヒーの粉をいっぱいに入れたフィルターケースをコーヒーメーカーにセットして、スイッチを入れる。

「『カリスマ』誌の最新の売り上げについて考えていただけよ」フィノーラは嘘《うそ》をついた。「スタッフと力を合わせれば、兄のシェーンが率いる『バズ』誌に勝てるわ」

「ほんとうかな？」

「わたしたちが負けるとでも？」フィノーラは顔をしかめた。

トラヴィスは肩をすくめた。「さあ。もちろん勝敗の件は、素人のぼくにはわからないよ。ぼくは、きみが考えていたことについて言っただけだ。きみは一族の競争に勝てるかどうかを心配しているというより、ご自慢の投げ縄用の馬が脚に怪我《けが》をしてしまったような顔をしている」

かぶりを振り、フィノーラは笑った。白々しい笑いに聞こえませんようにと祈りながら。「馬に乗ったことも、飼ったこともないわ。投げ縄に関しても、さっぱりわからない」

「馬に乗ったことがないだって？」トラヴィスは心から驚いているような口調でたずねた。

たやすく話題を変えられたことにほっとしつつ、フィノーラは首を振った。「子どものときに乗った揺り木馬を別にすればね」

トラヴィスが浮かべた笑みを見たとたん、フィノーラの全身に熱いものが駆け抜けた。

「じゃあ、今度シルバー・ムーン牧場に来たら、きみに車の運転以外のことも伝授しなくてはいけないな」

フィノーラは鋭く息をのんだ。だめよ、トラヴィスが乗馬や車の運転以外に何を教えてくれるのか、いろいろと思いをめぐらせては。彼女は自身をきつく戒めた。

なんと答えようか考えているうちに、玄関のドアをノックする音がした。

「ディナーが来たわ」ありがたいと思いながら、フィノーラは言った。相変わらずミスター・チャンは時間に正確だ。

「ぼくが出るから、きみはテーブルのセッティングをしていてくれ」トラヴィスはそう言うと、玄関に向かった。

リビングを横切りながら、トラヴィスは首を傾《かし》げて考えた。フィノーラの家で食事をするなどという誘いに乗るなんて、ぼくはいったい何を考えていたんだろう。フィノーラと同じ部屋にいるだけで、たちまちナイフで切れそうなほどに性的な緊張感が張りつめるというのに。シルバー・ムーン牧場の馬小屋での夜、愛撫《あいぶ》に応《こた》えてきたフィノーラを思い出しただけで、トラヴィスの体は岩のようにがちがちになった。

だが、ふたりがどんなに惹《ひ》かれ合おうと、ベッドでの相性がどんなにすばらしかろうと、そこから何も生まれない。

フィノーラ・エリオットは、ジェシーの産みの母親というだけでなく、洗練されたキャリアウーマンだ。美しい金褐色の髪から、完璧《かんぺき》に手入れされた爪先まで都会の女性。彼女の華やかなライフスタイルは、広大なシルバー・ムーン牧場の簡素な生活とは、天と地ほどかけ離れている。

華やかな公式パーティーに出席し、流行のナイトクラブに出かけるフィノーラ。かたや家畜オークションか、冷えたビールをひっかけに近場の酒場に出かけるのが性に合うぼく。

トラヴィスは、ディナーを配達してくれた青年に代金を払いおえたあと、大きなため息をついた。

心を安らげるいちばんの方法は、これほどまでにぼくの性的欲望を高めて窮地に追いつめるフィノーラ・エリオットの誘惑から、逃げ出すことだった。ダイニングルームに食事を運んだら、自分のホテルに戻ってルーム・サービスを頼み、冷たいシャワーを浴びればいい。

だが数分後、クロムとガラス製のテーブルの上に中華料理の入った紙袋を置いたトラヴィスは、フィノーラの温かい笑顔につられるように、彼女の向かいに腰を下ろした。そして、フィノーラが白いパックを紙袋から次々と取り出すのを見ていた。心のなかで数えていたかぎり、少なくとも六つはある。さらに、発泡プラスチックの容器と小さな紙袋がいくしばらくのあいだ、ふたりは黙々と食事を味わった。

だが実のところ、トラヴィスはおいしい料理を味わうどころではなかった。あばら肉の丸焼きを上品にかじるフィノーラを見ていると、口のなかが砂漠地帯さながらに乾いてからからになる。

不意にフィノーラの人差し指が、思わずキスをしたくなるような彼女の唇に伸び、ついていたソースをぬぐった。トラヴィスの心臓は一瞬動きを止め、みぞおちに強烈なパンチをくらったような衝撃を覚えた。

「おいしかったよ」数分後、ふたりでソファーに落ち着いてコーヒーを飲みながら、トラヴィスは嘘をついた。実際は、食事の味はもちろん、何を食べたかすらわからなかった。

だが、ほんとうのことなど言えるものか。彼女に見惚《みほ》れるがあまり、自分の名前すら思い出せないあつか出てきた。

「いったいどれだけ注文したんだ？」目の前にずらりと並べられた数々の料理に、トラヴィスは目をみはった。

フィノーラはスープらしきものが入っている容器の蓋《ふた》と格闘しながら、恥ずかしそうにほほえんだ。「どれもおいしそうに思えたのよ」完璧なまでに美しい下唇を歯で噛《か》む。「でも、少し多すぎたかもしれないわね」

「まるでこれから、兵隊に食べさせでもするみたいだね」トラヴィスは笑いながら、箱に手を伸ばした。「きみはラッキーだよ。ぼくはいつだって腹ぺこなんだ」

「いつもは食べるものにはちゃんと、気をつかっているのよ。だけど最近は、妙におなかがすいてしまって」フィノーラはライスをたっぷりとプレートに盛った。

りさまだなどと言えるわけがない。

「ステーキじゃなくてごめんなさい」申しわけなさそうにフィノーラが言う。

「いいや。どのみち楽しめなかったよ」トラヴィスは、これまでの人生でもっともまずいと言えるコーヒーに口をつけた。

　目の前のテーブルにカップを置きながら思った。フィノーラは美しく、罪深いまでにセクシーだ。だが、彼女のいれたコーヒーときたら、災難としか言いようがない。

「ジェシーが一緒じゃなかったから?」

「そうじゃない」トラヴィスは首を振ってにやりと笑うと、ソファーに座るフィノーラの背中に腕をまわした。「あのいまいましい不愉快《オネリー》なやつにつきまとわれないためなら、なんでもしたさ。あれでは、食欲もうせてしまう」

「たしかに、彼はひどすぎたわね」フィノーラは楽しげに声をあげて笑った。トラヴィスは、頭のてっぺんから三十一センチの靴の底にまで熱い波が走り抜けるのを感じた。

　彼はうなずき、人差し指でフィノーラのシルクのような金褐色の髪に触れた。「オネリーのサービスは行きすぎだ」

　なめらかな首筋にそっと指を走らせると、フィノーラが身をふるわせた。危うく見過ごしてしまうほどかすかな動きだったが、フィノーラもぼくと同じくらいどうしようもなく相手に惹かれているのは、間違いない。

　トラヴィスが見守るなか、フィノーラは目を閉じ、彼の愛撫に身をまかせた。

「ねえ、ジェシーが今夜、何をたくらんでいたか知っている?」

　ほっそりしたフィノーラの肩に腕をまわし、抱き寄せる。「あの子は、ぼくたちをくっつけようとしているんだろう」

「同感だわ」フィノーラの声は普段よりも優しかった。心もち息が上がっている。

「ジェシーは、ぼくにもっと社交生活を楽しめと、いつもせっついてくるんだ」トラヴィスは含み笑いをもらした。「あの子が牧場を出てニューヨークに行く前に、さり気なく言われたよ。ママが死んでからというもの、パパは牧場で隠遁《いんとん》生活をしているわねって」

フィノーラはうなずいた。「わたしも同じよ。ジェシーに、仕事を口実にだれともつき合わないことを責められたわ」

「そうなのかい？」口にしてから、フィノーラの気分を害してしまったかもしれないと思い、トラヴィスは首を横に振った。「すまない、ぼくには関係ないことだね」

「気にしないで」フィノーラは目を開け、トラヴィスを見た。「仕事を口実にしているわけじゃないのよ。つき合いが苦手なだけ」

それからフィノーラは、にっこりと微笑を浮かべた。

「あなたはどうなの？」

トラヴィスは答えに窮した。数年かけて、彼は妻のローレンとともに年を重ねていくという未来をあきらめ、悲しみを乗り越えた。とはいえ、この年で一から恋愛ゲームを始めるのは少々ばかげている。正直なところ、そんなことにエネルギーを使う気もなかった。

「隠遁生活と呼ぶ人もいるかもしれないが」トラヴィスは肩をすくめた。「どうすれば独身に戻れるのかわからないと言ったほうが正解だ。十九歳のときに妻に出会い、数年前、彼女が亡くなるまでずっと一緒だった。ぼくのデート技術はすっかり錆《さ》びついている。おまけに三十年前とは、ゲームのルールも様変わりしている」

フィノーラはほほえんだ。「そもそもルールに詳しくない人間だっているわ」

ふたりの目が合った。トラヴィスははなはだ疑問だった。フィノーラが、デートの作法や言い寄ってくる男たちのあしらい方に手こずったとは、とうてい思えない。彼女と交際してもらえるのなら喜んで名乗りをあげる男たちで、町の端から端まで長蛇の列ができそうだ。

「きみはたぶん、自分で思っているよりずっとルールに熟知しているよ、スイートハート」

フィノーラの美しいエメラルド色の目を見つめながら、トラヴィスは身をかがめ、完璧な形の唇に思わず唇を押しつけた。

友人としての、軽いキスのつもりだった。しかし、応えてくるフィノーラの唇の感触に、心から彼女が欲しくなる。

トラヴィスはためらいもせず、キスを深めた。トラヴィスの男らしい唇に優しくキスをされ、フィノーラの目に涙が浮かんだ。温かく心そそる何かが胸の奥で花開き、またたく間に全身に広がる。

これまで生きていた三十八年の人生で、トラヴィスの優しいキスほど、魅力的で抗《あらが》いがたいキスは知らない。

もう何も考えられなかった。この行為が招くであろう結果も、最後には破局を迎えるしかないゲームを自分たちが演じているという事実も。それから、やっと再会できた娘ジェシーとの関係が壊れることも。

フィノーラはためらいもせず、トラヴィスの広い肩に両腕をまわした。

こんなことは正気ではないと、頭ではわかっていた。それでも、彼の力強くたくましい腕を体に感じたかった。もう一度、彼の男性的な欲望を味わいたかった。

トラヴィスの唇が、フィノーラのやわらかい下唇の曲線をたどる。フィノーラは、体じゅうの血がとろける蜂蜜《はちみつ》に変わった気がした。

フィノーラは唇を開き、吐息をもらした。味わうように口内をすみずみまで優しく探られ、コロラドでともに過ごした一夜がまざまざとよみがえってくる。キスに応えるようにうながされ、背筋がぞくりとした。

自分をセクシーだと思ったことはない。でもトラヴィスに抱擁されると、かつてないほどセクシーで敏感な気分になる。フィノーラはおずおずと舌先で彼の舌を撫《な》で、トラヴィスに応えた。トラヴィスは低く深いうめき声をもらし、ご褒美に抱き締めてくれた。

これほど女性らしく、体内に力が満ちてくる感覚を味わったのは久しぶりだった。フィノーラはトラヴィスの広い胸に体を押しつけた。やわらかい口内を愛撫され、頭のてっぺんから爪先まで、全身に熱いものが広がっていく。もう正気ではいられなかった。

フィノーラの全細胞は甘く純粋な欲望でいっぱいになり、はちきれそうだった。トラヴィスの唇が首筋をついばむように下にたどると、情熱が甘いうずきとなり全身を駆け抜けた。下腹部の奥がふるえ、唇から吐息がもれる。体が熱くなり、かっと燃え上がった。

「やめろと言ってくれ、フィノーラ。これ以上先に進まないうちに、離れろと」彼の声もフィノーラと同じ激しい欲望でかすれている。

「それは……できないと思うわ」フィノーラは正直に言った。

トラヴィスの深みのある笑い声に、フィノーラは身をふるわせた。「だったら、ぼくたちはとても困った事態に陥るかもしれないよ、スイートハート。ぼくにまかせたら、紳士的に振る舞える自信がない」

「そうね、大問題だわ。でもわたし、あなたに紳士でいてもらいたいかどうかわからないの」自制心を働かせて思いとどまる前に、フィノーラは言っていた。

トラヴィスは深々と息を吸い、吐き出した。たくましい胸が上下に動くのがわかった。「十月、きみがシルバー・ムーン牧場に来たあの夜が、忘れられなかった」

「わたしもよ」

「どうしてか自分でもわからない。でも、あのとき以上にきみが欲しいんだ」

トラヴィスの大きな手が、フィノーラの肋骨《ろっこつ》から胸の下にすべった。彼女は息をのんだ。鼓動が乱れる。「こ、こんなの正気じゃないわ」

「まったく同感だ」トラヴィスは服の生地越しにフィノーラのやわらかい胸のふくらみを包み込みながら、つぶやいた。

「わたし……恋の駆け引きは得意じゃないの」思い出させるように言った。トラヴィスの手はとどまることなく、フィノーラの敏感な胸の先端でゆっくりと輪を描きはじめた。

「前にも言ったけれど、ぼくはつき合う女性を探してこなかった」そう言って、トラヴィスはフィノーラの首筋を唇でたどった。「だが、きみと愛し合う喜びを知ってしまった。もう一度、きみとベッドをともにしたい」

「なんのしがらみもなく?」

トラヴィスがうなずいた。「ぼくたちは、馬小屋のゲートを開けてしまったんだ。もう馬は走り出した。最後にもう一度だけ一緒に過ごしても、何も悪いことはないだろう」

フィノーラは彼の肩に頭をもたせかけ、この男性と一緒にいることで起こるあらゆる面倒を思い出そうとした。でも何も浮かばなかった。正直、思い出したくもなかった。

気が変わらないうちにと、フィノーラはトラヴィスの抱擁を解いて立ち上がり、手を差し出した。トラヴィスが牧場仕事で硬くなった手を重ね、立ち上がる。信じられないほど青い目が、禁じられたエクスタシーと暗い喜びを約束していた。

「もうひと晩だけ」フィノーラはトラヴィスの手を取ってベッドルームに誘い、ドアを閉めた。

3

フィノーラの心臓は勢いよく打ち乱れ、膝はがくがくとふるえ出した。それでも、トラヴィスとの行為をやめようとは少しも思わなかった。もう一度、彼に優しく触れられ、その激しい情熱を味わいたい。でなければ、燃え尽きて灰になってしまいそうだった。

「頭がおかしくなったと思われるかもしれない。だが、教えてくれ」トラヴィスはフィノーラを自分のほうに向かせ、低く親密げな声でささやいた。「ほんとうにいいのかい、フィノーラ？」

だれしも人生で幾度か迷う瞬間がある。でもいま、フィノーラに迷いはなかった。

「愛し合わないと気が狂ってしまうわ、トラヴィス」

「明日、後悔しないか？」

「もしかしたら、するかもしれない」フィノーラは小刻みにふるえそうになる下唇を噛《か》んでから、首を横に振った。「だとしても、あなた自身や、あなたと分かち合った行為に対して後悔するわけじゃないわ」

その答えがトラヴィスを戸惑わせてしまうことは承知していた。でも、どう説明すればいいのかわからない。

後悔するかもしれないとフィノーラが不安に思っているのは、トラヴィスに対してでも、ふたりでベッドをともにすることに対してでもなかった。なんと言葉にしたらいいのだろう。トラヴィスと体だけの関係しか持てないことを悔やんでしまうのが不安なのだと。

だが、パトリックに強制されてジェシーを養子に出した日、フィノーラは心に誓った。二度と自分のものを奪われないように、これからはキャリアを築くことだけに専念しようと。女性に自分より仕事を優先してほしがる男性なんて、まずいないだろう。ましてやそんな女性を受け入れ、がむしゃらに成功したいという彼女の気持ちを理解してくれる人なんて。

もちろん、トラヴィスだって例外ではないはずだ。彼もフィノーラを恋人にしたいとは望んでいないだろうし、ひと晩かぎりのつき合いしか求めていない。そうわかってはいても、仕事で成功するために犠牲にしなければならないものを思うと、ひどく胸が痛んだ。

フィノーラは手を伸ばし、人差し指でトラヴィスの額をたどった。

「安心して。牧場での夜のことは後悔していないわ。それに、今夜あなたとベッドをともにしても、後悔しない」

「だったら、何が――」

「なんでもないの」指を押し当て、彼の唇にそっと蓋《ふた》をする。「抱いて、トラヴィス。キスをして抱き締めて」

しばらくのあいだ、トラヴィスはフィノーラの言葉を理解しようとするかのように、じっと彼女を見つめていた。それからフィノーラを抱き締め、徐々に頭を下げると、唇を重ねた。

あまりにも優しい口づけだった。フィノーラの目に涙が浮かび、しゃれた黒いパンプスのなかで爪先が丸まった。

やがてキスが深まり、トラヴィスは味わうようにフィノーラを求めてきた。フィノーラの脈は速まり、胸が期待にふるえた。彼の愛撫《あいぶ》に身をまかせると、体のすみずみの神経がいっせいに目を覚まし、熱いき出す。

奔流が全身を駆けめぐった。下腹部の奥深くがうず

からかうようにそっと、トラヴィスが舌を絡めてきた。同時に彼の両手が背中からウエストにまわされるのを、フィノーラはぼんやりと意識した。彼の手のひらはしばしウエストにとどまったあと、脇腹《わきばら》をするりと上がってきた。フィノーラの鼓動は乱れ飛び、触れられるのを待ちこがれて胸の先端が硬くなった。

シルバー・ムーン牧場で愛し合ったときは、いつだれに見つかるかもしれず、ふたりは早急に求め合った。でも、今夜は違う。どちらも意図していたわけではなく、成り行きでベッドをともにすることになったけれど、互いを喜ばせる方法をじっくり探る余裕がある。

だれにも邪魔されることのない、ふたりだけの時間……。孤独を抱えたふたつの魂が、互いの腕のなかにつかの間の安らぎを求めるのだ。

ついにトラヴィスの唇が、服の生地越しに、敏感になった胸の先端をかすめた。フィノーラの全身は炎のごとく燃え上がり、膝は力が抜けてがくがくとふるえた。

トラヴィスの情熱的なキスと優しい手の感触は、どちらもすばらしい。けれど同時に、ひどくじれったくもあった。邪魔なサテンやレースを取り払い、直接肌に触れてほしいとフィノーラは願った。硬い唇と濡《ぬ》れた舌で、感覚が研ぎすまされた肌を味わってほしい。

「きみはすばらしい」顔を上げると、トラヴィスはフィノーラに告げた。彼はうめき声をもらしながらベッド脇に手を伸ばし、ランプをつけた。「だが、まだ満足できない。この目でたしかめたいんだ。きみの美しい体を目で味わいながら、きみを喜ばせたい」

トラヴィスにじっと見つめられ、フィノーラは魂までも見透かされている気がした。どんなに彼を求めているか、知られてしまいそうだ。

「わたしも、あなたの体を見ながら触れたいわ、トラヴィス」

トラヴィスはわかったと言うように力強い笑みを浮かべると、自身のジーンズからシャンブレー織りのシャツの裾《すそ》を引っ張り出した。それからフィノーラの手をつかみ、シャツのボタンへと導いた。

「最初に愛を交わしたときは、いろいろな楽しみを逃してしまったね。たとえば、互いの服を脱がせたりとか」

トラヴィスの服を脱がせると思っただけで、フィノーラの胸は喜びにふるえた。

「ほかには何があるの？」さっそくシャツのいちばん上のボタンをはずしながら、フィノーラはたずねた。

「互いの体を味わうのに、思うぞんぶん時間をかけられなかった」トラヴィスは頭を下げて、フィノーラの耳たぶに軽く歯を立てた。

「思うぞんぶんって、どのくらい？」

「ひと晩じゅうだよ、スイートハート」

背筋にふるえが走り、ボタンをはずす手がもたついた。「そ、それから？」

トラヴィスは熱い炎を宿した目でフィノーラを見つめた。「思い出すだけできみが顔を赤らめるようなキスができなかった」

「わたしは……すぐに赤くなったりしないわ」フィノーラは声がふるえてしまったことにショックを受けた。なぜ平静な声の調子を保てないの？

ほかにもこれからしてみたいことを、トラヴィスはフィノーラの耳もとでささやきつづける。彼女の体のすみずみにまで、電流のように欲望が走り抜けていった。

なぜ声がふるえてしまうのか、フィノーラはようやくわかった。トラヴィスはわたしを熱くさせ、とろけさせようとしている。そのもくろみにわたしは、見事にはまっているのだ。

「どうかな、フィノーラ？　きみも望んでいるかい？」

突然、喉がからからになって声がまったく出なくなり、フィノーラはうなずくしかなかった。

目の前のすばらしい男性が与えてくれようとしているもの、すべてが欲しい。そして、それに応《こた》えたい。

ようやくトラヴィスのシャツのボタンをはずしおえると、フィノーラはシャンブレー織りのシャツの前を開き、彫刻を思わすほどに完璧《かんぺき》な彼の胸板と腹部に熱い視線を注いだ。

やわらかそうな濃いブロンドの毛で覆われた、長年の肉体労働で鍛えられた筋肉。こんな筋肉を手に入れるためなら殺人さえもいとわない男性モデルたちを、フィノーラは何人も知っていた。

だが、トラヴィスの完璧な胸筋と波打つ腹筋は、スポーツジムでどんなに鍛えたとしても手に入らないだろう。

「崇高だわ」前回は楽しい手順をいくつか逃したというトラヴィスの言葉は、どうやら当たっていたらしい。

トラヴィスの低い笑い声に、フィノーラの肌はあわ立った。

「これまでの人生で、体に関してはいろいろな表現をされてきた。たいてい失望させられたものだったがね。〝崇高〟と言われたのは初めてだよ」

フィノーラはにっこりとほほえみ、靴を脱ぎ捨てた。「信じて、ダーリン。あなたみたいに見事な体の持ち主はほかにいないわ」

「賭《か》けてもいいが、きみの足もとにも及ばないはずだよ」

トラヴィスはかがんでブーツを脱ぎ、フィノーラを両腕で抱き締めた。

「いまからぼくがたしかめよう」

じっとフィノーラの瞳に目を据えたまま、トラヴィスは彼女の服をたくし上げ、たちまち体にぴったりした黒いドレスを彼女の頭から脱がせた。それから、背後に手をまわしてたやすくブラジャーのホックをはずし、ストラップを肩からずらす。床にたまったドレス同様、レースのブラジャーもたちまち下に落ちた。

トラヴィスはフィノーラの全身を見ようとして、後ろに下がった。

どうか体の一部が重力に負けて、十年前ほど若々しくないことに気づかれませんようにと、フィノーラは必死に祈った。もちろん、そのころのフィノーラをトラヴィスは知らないのだし、気づかないかもしれないが。

だが実のところ、もうすぐ四十歳になろうとしているフィノーラの体は、いまだにほっそりと引き締まっていた。

「フィノーラ、きみはなんて美しいんだ」トラヴィスの目に浮かぶ賞賛の色を見れば、心から言っているのだとわかる。

久々にフィノーラは、自分がひどく女らしく魅力的だと感じた。トラヴィスの途方もなく広い肩からシャンブレー織りのシャツを脱がせ、白いフラシ天の絨毯《じゅうたん》の上に脱ぎ散らかした服の上に投げて重ねた。

トラヴィスにまた抱きすくめられると、光のような速度で体内を熱が駆け抜ける。男らしい体に過敏になった肌が触れたとたん、フィノーラは息苦しくなった。

「思ったとおり、すばらしい抱き心地だ」トラヴィスは息を乱しながら言った。

「あなたも……すばらしいわ……」息を乱しているのはトラヴィスだけではない。フィノーラも荒い呼吸をしつつ言った。

トラヴィスの大きな手で背中を撫《な》でられる感触はすばらしかった。硬い手のひらでなめらかな肌に触れられるのが、こんなにも心地いいなんて。目を閉じたフィノーラは、全身がぞくぞくする感触にうっとりと浸った。

だが、トラヴィスが頭を下げて胸のふくらみに唇を寄せたとたん、女性としての核となる部分が痛いほどにうずき出した。フィノーラの体は溶けて液体になり、床にたまる水たまりと化してしまいそうだった。

トラヴィスの硬い唇に焦《じ》らされ、とがった胸の先端を口に含んでほしくて頭がおかしくなりそうになる。ようやく彼の唇に頂をとらえられた瞬間、フィノーラの膝は砕けた。彼の足もとにみっともなくくずおれないように、フィノーラはたくましい腰にしがみついた。

「リラックスするんだ、スイートハート」鋭敏になってとがった胸の先を唇でもてあそびながら、トラヴィスが言う。強烈な快感に襲われ、フィノーラの口からこらえきれずにあえぎがもれた。「まだ始まったばかりだよ」

「本気だったのね……ひと晩じゅう……愛し合うと言ったのは」フィノーラはどうにかして肺に酸素を送り込もうと、必死に息を吸った。

トラヴィスが顔を上げた。濃いブルーの目に宿る決然とした光を見て、フィノーラの鼓動は跳ね上がった。

「明日の朝には、きみの体のなかでぼくの唇と手が触れていない場所はどこもない」トラヴィスのほほえみは熱い矢となり、フィノーラのもっとも女性的な部分を射抜いた。「ぼくはニューヨークに住む男じゃない、フィノーラ。田舎の流儀を通す、コロラドに住む男だ。何をするにもじっくり時間をかける。特に女性を愛するときはね」

なめらかで落ち着いた深みのある声と、誓いの込められた青い目が、フィノーラの体を温かいプディングのごとくとろけさせた。

「そ、そんなことをされたら、燃え尽きて灰になってしまうわ」自分のものとは思えぬほど、官能的な声だった。

トラヴィスはにやりと笑い、革ベルトのバックルにフィノーラの手を導いた。フィノーラの体はますます熱を帯びた。

「だったら、一緒に燃え上がろう、スイートハート」

フィノーラは、ゆっくりとトラヴィスの革ベルトのバックルをはずした。そしてジーンズの金属ボタンをはずすことに集中した。

ファスナーに手を伸ばしたとき、彼の張りつめた欲望の証《あかし》をフィノーラの指がかすめると、トラヴィスの大きな体がふるえた。フィノーラは喜びを覚えた。さっきのお返しだ。ファスナーを下げる前に少し焦らしてあげようと、彼女は決めた。

「田舎風にゆっくり愛し合うのも悪くないわね」悠然と焦らすように、ズボンのウエスト部分に指をすべらせる。指の関節で彼の肌に触れると、腹筋がぴくりと動いた。

「勘違いしないでほしいんだが」トラヴィスは深々と息を吸った。「さっきも言ったように、焦るつもりはまったくない。だが、いまいましいジーンズが窮屈になってきた」

「このあたりが苦しそうね」フィノーラはからかった。不意にかわいそうになって、ファスナーを下ろした。「楽になった？」

「ああ」トラヴィスはフィノーラの指を優しい仕草で押しやり、筋肉質のたくましい腿からすばやくジーンズを脱ぎ捨てた。「こういうとき、男がどれほどジーンズを苦痛に感じるか、女性のきみにはわからないだろうな」

トラヴィスは身を起こし、フィノーラのショーツの腰部分に親指をかけた。

「この小さなサテンの下着もすてきだが、脱いだほうがずっとよさそうだ」そう言うなり、ビキニのショーツを下ろした。

フィノーラはトラヴィスの肩につかまって脚をふるわせながら、ショーツを脱ぎ捨てた。ようやく声が出るようになると、トラヴィスのコットンのブリーフに手を伸ばす。「あなたも脱いだほうがすてきよ」

ふたりを隔てる最後の障害物を取りおえるや、フィノーラは目を見開いた。部屋の温度が急上昇した気がする。

あの夜は、薄暗い馬小屋のなかだったし、ふたりともひとつになることしか考える余裕がなかった。でも、いまは違う。トラヴィス・クレイトンの信じられないほど完璧な体をあますところなく観賞するチャンスだった。

上半身と同じく、長い脚と脇腹も見事に引き締まっていた。だが、いちばん目を引いたのは、トラヴィスの欲望の証だった。フィノーラは期待に身をふるわせ、女としての欲求を覚えた。彼はとてつもなく男らしい。そして、まるでわたしがこの世でいちばん魅力的な生き物だと言いたげに、熱いまなざしを注いでくる。

「きみはぼくを嘘《うそ》つきにしそうだ、スイートハート」トラヴィスがフィノーラに手を伸ばしながら言った。

「どういうこと？」肩から膝までがトラヴィスの体

ノーラは体内に炎がともされたかのように燃え上がった。

「ひと晩じゅうきみを愛そうと約束した。だが、そうできるか怪しくなってきた」トラヴィスは頭を振った。「きみを見ただけでぼくは、土曜の夜に場末の質屋で売っている二ドルのピストルよりも、熱くなる」

「わたしも同じよ」下腹部に高まりを押しつけられ、フィノーラはわなないた。「いまにも燃え上がりそうだわ」

「余裕があるうちにベッドに行こう」トラヴィスはフィノーラを抱き上げた。

フィノーラはほほえみ、彼の首にしがみつく。

「歩けるわ。ベッドはすぐそこよ」

トラヴィスはすばやく口づけをして、首を振った。

「わかっているとも。だが、一秒たりともきみを離したくないんだ」

ストレートな言葉に、フィノーラはどきりとした。トラヴィスはわたしを特別な気分にさせるために、どう言えばいいか心得ている。

それに、彼は本気だ。本気でわたしを離したくないのだ。わたしもまた、離してほしくないと望んでいる。

ベッドにたどり着くと、トラヴィスは黒いサテンのベッドカバーをめくり、クイーンサイズのマットレスの真んなかにフィノーラをそっと下ろした。ジーンズから何か取り出し、枕《まくら》の下にすべり込ませ、フィノーラの隣に横たわった。

トラヴィスはフィノーラを抱き寄せ、眩暈《めまい》がするほど熱いキスを仕掛けてきた。フィノーラは、彼の切羽つまった飢えと情熱の深さを味わった。自分がこのすばらしい男性の欲望の対象だなんて、信じられない思いだった。

トラヴィスの唇が鎖骨をたどりはじめると、フィノーラの息が乱れた。唇は胸のふくらみを伝い、やがて硬くなった先端にたどり着いた。彼女ははっと息をのんだ。

ひどく敏感になった部分を舌でもてあそばれ、フィノーラは二度と息ができなくなりそうな気がして、彼の頭を抱き寄せた。

トラヴィスはとがった胸の先を口に含みながら、フィノーラの脇から腿の外側に静かに手を這《は》わせた。甘美な期待が、フィノーラのなかではちきれそうなほどにふくらむ。トラヴィスの手のひらが脚のつけ根のやわらかな茂みに触れると、想像したこともないような強烈な欲望が、フィノーラの全身を駆け抜けた。

羽根のように軽やかな手つきで、茂みの奥に触れられたときの喜びは、さらに予想を超えたものだった。痛いほど心臓が肋骨《ろっこつ》を打ちつけ、激しい快感の波に翻弄《ほんろう》されながら、フィノーラはトラヴィスに体を押しつけた。

トラヴィスは、彼女を未知なる情熱の極みに引き上げようとしていた。フィノーラは、いますぐ彼に抱いてもらえなければ、このまま灰と化してしまいそうな状況にまで追いつめられた。

「お願い、トラヴィス……もう……」

「どうしてほしい、フィノーラ？」

止まることなく動きつづけるトラヴィスの手と、胸の先端に触れる温かく湿った唇の感触に気を取られながら、フィノーラは必死に言葉を紡ぎ出した。

「あなたが欲しいの、トラヴィス。抱いて……いますぐ」

「まだ始まったばかりだよ、スイートハート」トラヴィスはさらに愛撫を深める。

「もう……だめ」

「ほんとうに？」

「ええ」

フィノーラは重なり合ったふたりのあいだに手を差し入れ、彼の欲望の証を手のひらに包み、その感触を堪能《たんのう》した。トラヴィスが深いあえぎをもらし、大きな体をふるわせると、フィノーラはこれまで感じたことのない欲望に襲われた。

ふいにトラヴィスがフィノーラの手をつかんで、動きを止めた。「いい考えがあるんだ、スイートハート」

トラヴィスは息を乱しながら身を引き、枕の下からさっき押し込んだ薄い金属の箱を取り出した。避妊の用意がととのうと、フィノーラの脚のあいだに身を置いた。

「ひとつになって、一緒に喜びを分かち合おう」彼は笑みを浮かべ、フィノーラの手を取ってみずからの高まりに添えさせた。

見つめ合いながら、ふたりは体を重ね合わせた。フィノーラにとって、こんなにも官能的な経験は初めてだった。トラヴィスが腰を前に押し進めると、彼女は喜んで彼を迎え入れた。ひとつになるという甘い感覚に身をゆだね、何も考えられなくなる。

トラヴィスはさらにフィノーラのなかに深く身を沈めた。彼の顎が引き締まった。「きみは最高にすばらしい、スイートハート」

「あなたもよ」フィノーラはトラヴィスの広々とした背中に両腕をまわし、彼の引き締まった腰に脚を絡める。

完全にひとつになると、トラヴィスは熱い視線でフィノーラをとらえながら、ゆっくりとリズミカルに動いた。彼の腰が押しつけられる感触に、フィノーラの体内で火花が散った。たちまち胃の奥で快感が渦巻く。

いつまでもずっと、このすばらしい男性とひとつになっていたい。フィノーラはそう心のなかで祈り、トラヴィスにしがみついた。

だが、あっけなくクライマックスが訪れた。緊張が砕け散り、トラヴィスの名を呼びながら、フィノーラの全身は甘い波に洗われていった。

フィノーラが昇りつめた一瞬ののちに、トラヴィスの大きな体がこわばった。トラヴィスは最後にもう一度深く身を沈めると、うなり声とともにみずからを解放した。

夜明けの光がそっと部屋に差し込むころ、トラヴィスは傍らで眠るフィノーラのほっそりした体を抱き締めていた。

夜中に何度も愛し合ったあと、フィノーラは眠りに落ちた。かたやトラヴィスは眠らずに、人生でいちばんと言えるかはわからないが、胸がときめくこの出会いについて考えていた。

妻ローレンが生きていたころ、ふたりでいればそれだけで心地よかった。ベッドでの行為も、情熱に満ちあふれているとは言えなくても、充分満足のいくものだった。

だが、フィノーラと分かち合った行為は、まさに激情だった。彼女の奔放な反応は、自分のなかにあると思ってもいなかった炎を燃え上がらせた。

なんてことだ。フィノーラは五十歳に手が届こうというぼくを、発情期のティーンエイジャーに変えてしまう。

夜が明けてふたりの時間が終わってしまうのが、トラヴィスは残念でならなかった。朝になれば、フィノーラはファッション雑誌の花形編集主任、ぼくはコロラドで家畜の群れを追う牧場主に逆戻りするのだ。

傍らで眠っていたフィノーラが、小さく声をたて身じろぎした。なめらかな頬から血の気が引き、エメラルド色の目には涙が浮かんでいる。

「どうした、スイートハート？」

フィノーラは目を閉じ、ごくりと唾《つば》をのんだ。

「吐き気が……するの」青ざめた唇を開いて言うが早いか、彼女はベッドを飛び出し、隣のバスルームに駆け込んだ。

トラヴィスはあとを追い、膝をついて苦しげに嘔《おう》吐《と》しているフィノーラの肩を支えた。ようやくフィノーラが息をつき顔を上げたところで、いったん彼女から離れてシャワーのそばの棚からフラシ天のタオルを取り、冷水に浸した。

「あ、ありがとう」トラヴィスが彼女の額の汗をぬぐってやると、フィノーラは小声で礼を言った。彼はバスルームのドアの後ろにかけてあるローブを、フィノーラに着せかけた。

「気分はましになったかい？」トラヴィスはうなずいたフィノーラに手を貸して立ち上がらせ、ベッドに連れていった。「炭酸入りのミネラルウォーターはある？」

「ソーダ水が……冷蔵庫の後ろ……ホームバーにあるわ」フィノーラがとぎれとぎれに答える。

トラヴィスはすばやくジーンズをはき、隣室へ飛んでいった。寝室に戻ると、フィノーラはまたバスルームで嘔吐していた。

「何かよくないものでも食べたのかい？」傍らに膝をつき、フィノーラにソーダ水を飲ませながらたずねた。

フィノーラはほっそりした肩をすくめた。「最近、しょっちゅう胃がむかついていたの。でも、吐いたのは初めてよ」

トラヴィスは、フィノーラの言葉にがつんと殴られたような衝撃を受け、必死に呼吸をととのえた。

「いつごろから？」

「わからないわ」フィノーラの声は弱々しい。「二週間くらい前かしら。医者に予約しようと思っていたのに、時間がなくて」

トラヴィスの鼓動は速まった。胃の奥にしこりができはじめる。

「シルバー・ムーン牧場から戻ったあと、生理はあったかい？」

不安そうに下唇を噛《か》むフィノーラを見れば、〝いいえ〟という苦しげな答えをわざわざ聞くまでもなかった。

時期的にぴったりだ。馬小屋での夜、なんの予防措置も取らなかった事実を考えても、導き出せる答えはひとつしかない。トラヴィスは一度、そしてもう一度深呼吸した。頭がくらくらし、彼自身も吐き気を覚えた。

「フィノーラ、もしかしたらきみは、ぼくの子どもを妊娠しているかもしれない」

4

ようやく、フィノーラは事の重大性をのみ込んだ。ぼんやりと霞《かすみ》がかっていた脳に、トラヴィスの言葉が気つけ薬のような役目をもたらす。

この一週間、明らかな妊娠の兆候を見て見ぬふりをしつづけてきた。でも、もう現実に向き合うときだ。

ときどき起こる軽い眩暈《めまい》と朝の吐き気は、〈エリオット・パブリケーション・ホールディングス〉における後継者争いに勝つため、猛烈に働いたストレスのせいにしていた。だが、ストレスが原因でないのは火を見るより明らかだ。

歴史は繰り返すという言葉はほんとうらしい。たった一度の軽はずみな行為で、またしても妊娠するなんて。

「ありえないわ」フィノーラは頭を抱えてうめいた。「またこんなことになるなんて」

「だいじょうぶだ、フィノーラ。それに妊娠テストを受けてみるまで、たしかなことは何も言えないよ」トラヴィスは優しい声で言ったあと、フィノーラをたくましい胸に抱き上げ、ベッドルームへと運んだ。

彼はフィノーラをベッドに横たえ、その傍らに座ると両手を取った。

「いちばん近い薬局はどこか教えてくれるかい？ぼくが行って、家庭用検査キットを買ってくるよ。結果を見たあとで、どうすればいいかふたりで考えよう」

フィノーラはトラヴィスの目を見上げた。「ふたりで？」

トラヴィスはきっぱりとうなずいた。「ぼくの赤ん坊を妊娠しているなら、きみひとりを困難に立ち向かわせるわけにいかない。いつもぼくがついている。どんなこともふたりで決めよう」

精神的に支えてくれるというトラヴィスの言葉は、とてもありがたかった。とはいえ、検査キットのスティックが陽性を示す青色に変わるまでは、フィノーラは妊娠していないという望みを捨てるつもりはなかった。

「わかったわ。まずは検査キットで調べて、はっきりさせましょう」

フィノーラはトラヴィスにアパートメントの鍵《かぎ》を渡し、いちばん近くにある薬局を教えた。

トラヴィスがアパートメントを出ていくと、こらえていた涙がフィノーラの目からどっとあふれ出した。

どうしてこんなことになったの？　最悪のタイミングだわ。

いまは、一族……特に双子の兄シェーンと熾烈《しれつ》な競争を繰り広げている真っ最中だというのに。二カ月後にパトリックが引退するとき、何がなんでも〈エリオット・パブリケーション・ホールディングス〉の最高経営責任者に指名されなければならないのだ。

でも、たとえ『カリスマ』誌の売り上げがトップになり、わたしが勝者になっても、世界が自分を中心にまわっていると思っているあの父が、エリオット帝国をわたしに譲るだろうか？　未婚で孫を産んだ、恥さらしの娘に。

二十三年前と違い、いまは未婚女性がひとりで子育てすることも当たり前になった。でも、パトリックは古い考えを持つ、頭の固い人間だ。みずからの人生すらコントロールできないわたしに、大切な会社を譲るとは思えない。

自分が失ったものを思うと、嗚咽《おえつ》がこみ上げてきた。フィノーラは目をぎゅっと閉じた。「ジェシー……」思わず娘の名を呼んだ。

やっと築きはじめたばかりの娘との関係は、どうなるのだろう？　再会したばかりだというのに。ジェシーはどうするかしら？　産みの母親と、育ての父親が誘惑に負けたあげく、弟か妹ができると知ったら？

フィノーラは枕《まくら》にもたれ、予定外の妊娠がもたらす結果について考えまいとした。あれこれ想像したところできりがないし、思いをめぐらしただけでこめかみがずきずきと痛み、不安に押しつぶされそうになる。

そのとき、トラヴィスがアパートメントのドアを開ける音がした。フィノーラは体を起こし、頬の涙をぬぐった。

わたしはもう、親の意思に従うだけのおどおどとした十五歳の少女じゃない。いまや立派な大人の女だ。二十三年前とは違うのだから、検査の結果がどう出ようとも、毅然《きぜん》とした態度で乗り越えてみせよう。

「まだかい？」バスルームの外を行ったり来たりしながら、トラヴィスがたずねた。

トラヴィスが買ってきたのは、市販の検査キットだった。いちばん簡単で正確だと、薬局の店員から勧められたものだ。もし〝妊娠〟という文字がディスプレーに表示されれば、ふたりは赤ん坊の親になる。

フィノーラが妊娠しているかもしれないと思うたびに、トラヴィスの胸は早鐘を打った。まさか四十九歳にもなって、女性を〝窮地〟に陥れていないかたしかめるための検査結果を、おろおろしながら待つことになるとは。

バスルームのドアが開く音が耳に飛び込み、トラヴィスは立ち止まった。

フィノーラの美しい顔に浮かぶ表情を見れば、きかなくても答えはわかった。「妊娠しているんだね？」

まるでエネルギーを補給するかのように、フィノーラは何度も深呼吸をしてからうなずいた。それから彼女はベッドまで歩いていき、端のほうに腰を下ろした。「説明書に書いてあった時間まで待つまでもなかったわ」

トラヴィスはへたり込んでしまわないうちに、フィノーラの隣に座った。彼女の肩に両腕をまわし、何か言おうとした。

だが、なんと言えばいいのだろう？　まるで、両目のあいだをがつんと木材で殴られたような気分だった。

「あなたがどう思っているかわからないけれど、わたしは産むつもりよ」唐突に、フィノーラがきっぱりと言った。

トラヴィスは頭を振った。「そう言うだろうと思ったよ」

フィノーラは背筋をぴんと伸ばし、彼に向き合った。かすかにふるえている形のいい唇だけが、内心の動揺を示していた。「パトリックのせいで、ジェシーを一度あきらめたわ。でも、今度はだれにも邪魔させない」

トラヴィスにはフィノーラの気持ちが、手に取るようによくわかった。彼女はかつて、愛する娘を両親の手で無理やり養子に出されたのだ。しかし、いまフィノーラのおなかにいる赤ん坊は、トラヴィスの子でもある。トラヴィスはなんとしても、赤ん坊の人生にかかわっていくつもりだった。

とはいえ、いまは子どもの養育権について争っている場合ではない。フィノーラはひどく弱々しげで、彼の助けを必要としていた。トラヴィスはどんなことをしてでも、フィノーラを元気づけてやりたかった。

「誓うよ。ぼくの息の根があるかぎり、だれにもきみと赤ん坊を引き離させやしない」トラヴィスは優しく言った。

フィノーラの美しいエメラルド色の目にみるみるうちに涙があふれる。「あんなこと、二度と耐えられないわ、トラヴィス」

「わかっているよ、スイートハート。約束する。あんな悲劇はもう絶対に起こらない」トラヴィスはフィノーラをしっかりと抱き寄せた。「ぼくはいつもきみのそばにいる。だれにもきみと赤ん坊を傷つけさせたりしない」

ふたりともしばらくのあいだ無言だった。やがてフィノーラは、トラヴィスの腕をそっとほどいた。

「あの、もしかまわなければ、少しひとりになりたいの」

ひとりになりたいという彼女の気持ちが、トラヴィスにはよく理解できた。この数時間で、いろいろありすぎた。ふたりとも気持ちを整理する時間が必要だ。

「今日はオフィスに行くのかい？」トラヴィスはベッドから立ち上がるとたずねた。

フィノーラは首を横に振った。「わたしが休もうものなら、みんな眉を上げて勝手な憶測をするでしょうね。だけど今日は、ケードに電話をして代役を頼むわ。こんな状態では集中できないし、なるべく早く産婦人科医に診てもらいたいの。今日、診てもらえるといいけれど」

フィノーラは、トラヴィスを見送るために玄関までついてきた。彼はコートに身を包み、カウボーイ・ハットを手にした。

「ひとりでだいじょうぶかい？　ぼくも一緒に医者

に行こうか？」

「いつもわたしのそばにいると言ったのは、本気だったのね」フィノーラが彼の言葉に驚いたことが、表情と声の調子からはっきりわかった。

トラヴィスは、フィノーラの目を見つめながら人差し指でやわらかい頬に触れた。「ぼくはいつだって本気だよ、フィノーラ」すばやくキスをして、玄関のドアを開ける。「夜、またきみの様子を見に来るよ」

トラヴィスは廊下に出ると、カウボーイ・ハットをかぶりドアを閉めた。フィノーラを置いていくのは、本望ではない。

だがふたりとも、しなければならないことが山ほどあった。フィノーラは医師に予約を入れて、診察に行く。一方トラヴィスは、使用人のスパッドに連絡し、留守中の牧場の様子を聞く必要があった。それにジェシーと軽く昼食をすませたあと、バージンロードを一緒に歩くために着る、あのばかげたタキシードの仮縫いも待っている。

トラヴィスは歩道でタクシーを待ちながら、フィノーラのおなかに宿る赤ん坊のことを考えずにいられなかった。

信じられない。トラヴィスは頭をぶんぶんと振った。いまから新しい家族ができるのか？　コロラドに戻れば、友人のほとんどにすでに孫がいるというのに。

妻のローレンとのあいだに子どもができないとわかったとき、トラヴィスたちは自分たちの子どもをあきらめ、養子を迎える手続きをした。ジェシーは実の娘ではないが、いままでもこれからも彼にとってかわいい娘だ。赤ん坊用の淡いピンクの毛布にくるまれた小さな人形のようなジェシーをひと目見たときから、トラヴィスは骨抜きにされていた。ジェシーを自分の命よりも大切に思っているし、その気の気持ちは今後も変わらない。

だがフィノーラのおなかにいるのは、ぼくの血を分けた赤ん坊だ——一生持つことはかなわないと思っていた、自分の子ども。このことを受け入れるのに時間がかかりそうだ。

それに、養子と実の子どもの母親が同じだという事実を理解するのにも。

ぼくはその事実になんとか対処できるが、フィノーラにとっては大変なことではないだろうか？　この数カ月間で、生き別れになった娘を見つけ、その子の養父とのあいだにふたり目の子どもを妊娠したのだ。

トラヴィスはタクシーの後部座席に乗り込み、運転手にホテルの名を告げた。それから考えなおしてたずねた。

「このあたりで花を注文できる店を知っているかい？」

「いとこのヴィニーが近くで花屋をやっています」運転手が言った。「お客さんが泊まっているホテルから一ブロックほど行ったところに店があります。ジョーの紹介だと言えば、サービスしてもらえますよ」

「ありがとう、そうするよ」

人生で最高にすばらしい夜を分かち合った女性を妊娠させたとわかったとき、どんな態度に出ればいいか、トラヴィスにはわからなかった。だが、美しい花束に腹を立てる女性はいるまい。

助けになりたいといった自分の言葉が本気だと、トラヴィスはフィノーラに示したかった。でも、それだけではない。フィノーラのおかげでもう一度父親になれて、どれほど光栄に思っているか知らせたかった。

「いったいどうしたんだ、フィノーラ？」フィノーララが呼び鈴に応《こた》えるなり、双子の兄シェーンがアパートメントに上がり込んできた。

「こんばんは、シェーン」フィノーラは素っ気なく応じた。シェーンが仕事帰りに家に立ち寄ったからと言って、驚くには値しない。彼は同じ建物の数階上に住んでいるのだ。

フィノーラを見て、シェーンは心配そうな顔をした。「だいじょうぶなのか？」

「平気よ」

シェーンはますます顔をしかめた。「今日はなぜオフィスに来なかったんだ？　おまえが丸一日休むなんて、記憶にあるかぎりないことだ。ケードとジェシーは、どうしたのかさっぱりわからないと言っていたし、クロエも死ぬほど心配していたぞ。おまえが眩暈がすると言っていたから、働きすぎで体を壊したに違いないと」

会社を休めば騒ぎになることは、フィノーラにもわかっていた。とはいえ、しかたなかった。「お説教は座ってからにしたらどう？　それとも立ったままがいいの？」

フィノーラの言葉を聞いて、シェーンのハンサムな顔からいらだちの色が消えた。「言いすぎたのなら悪かった。でも、まったくもっておまえらしくないぞ。『カリスマ』誌の仕事を休むなんて。しかも、〈エリオット・パブリケーション・ホールディングス〉の後継者をめぐる争いが白熱している、こんなときに」

シェーンが戸惑うのも無理はないと、フィノーラは思った。パトリックが引退と後継者選びを宣言して以来、彼女は競争に勝つことだけを考えてきたのだから。

しかし、この二カ月で事情が変わった。優先順位を考えなおさなければ。

「みんなが気にかけてくれてありがたいわ。いらない心配をかけてしまったわね。個人的なビジネスがあったの」

シェーンは黒い眉を片方上げた。「詳しい話を聞こうか?」

「いいえ」

シェーンは傍目《はため》にもわかるほどたじろいだ。「だが……」

「言ったでしょう、個人的なことよ」

はぐらかそうとするフィノーラの態度に、シェーンは面食らっているようだ。たしかに兄とはいつも仲良くつき合ってきたし、いろいろ相談もしてきた。けれど、妊娠のことはだれにも告げる気はなかった。少なくとも、トラヴィスと話し合い、このニュースをみんなにどう告げるか決めるまでは。

フィノーラは取り繕うように愛想笑いを浮かべた。「あなただって、プライベートにしておきたいことはあるでしょう?」

シェーンのハンサムな顔にゆっくりと笑みが広がる。「多少はね」

「じゃあ、触れないことにしましょう」

シェーンはうなずいた。「了解」

それからシェーンは、コーヒーテーブルの上にあるクリスタルの花瓶に生けられた、二ダースもの美しい赤い薔薇《ばら》に目を留めた。

「あの花は、きみが仕事を休んだ個人的な事情とやらに関係あるのかい?」わかったぞとばかりに、にやりとする。

シェーンは、トラヴィスからのメッセージを読もうとカードを手に取った。すぐさまフィノーラは、シェーンの手からカードをひったくった。「兄さんには関係ないわ」

シェーンは頭をのけぞらせて笑った。「確信したぞ」

「そろそろ自分のアパートメントに戻って、わたしをひとりにしてくれないかしら？」

「もうすぐ、この花の贈り主が訪ねてくるから？」

シェーンがからかう。彼はフィノーラの反撃を待たずに、自分で答えた。「まあ、ぼくには関係のないことだな」

「そのとおりよ」フィノーラはシェーンを玄関まで追い立てた。

「わかった、もう帰るよ」シェーンはドアを開け、廊下に出て振り返った。「明日はオフィスに顔を出すのか？」

フィノーラはうなずいた。「もちろんよ。ほかにどこに行くっていうの？」

シェーンの顔に、いたずらっ子のような笑みが浮かんだ。「そうだな。薔薇を贈ってきた主の腕のなか、とか？」

「余計なお世話よ、シェーン。どうぞ、すてきな夜を」フィノーラはぴしゃりとドアを閉め、シェーンを締め出した。

リビングルームへと戻る途中に、玄関のドアを短くノックする音がしたので、フィノーラはしかたなく引き返した。

「余計なお世話と言ったのがわからなかったの？」ドアを勢いよく開ける。

「人違いじゃないかな」

視界に飛び込んできたトラヴィスの姿に、フィノーラの鼓動は乱れた。もう少しで彼とシェーンが鉢合わせするところだった。

「ごめんなさい、トラヴィス」フィノーラは謝罪し、一歩下がって通路を空け、彼を部屋のなかに招き入れた。「さっきシェーンが来たのよ。仕事をサボったわたしを、とっちめてやらなければって思ったみたい」

トラヴィスはうなずいた。帽子とコートを脱いで肘掛け椅子の上にほうると、フィノーラに手を伸ばして抱き寄せた。

「午後、ジェシーと昼食をとったんだが、あの子もずいぶん心配していたよ。きみが今日の仕事をケードにすべてまかせたから。ゆうべディナーをともにしたとき、きみが具合が悪いと言っていなかったかきかれた」

トラヴィスの力強い腕に抱き締められ、フィノーラはこれまでに味わったことのない安心感と安らぎを覚えた。いまの状況を考えれば、とても正気の沙汰《さた》とは思えないが。「ジェシーに、なんて答えたの？」

「真実を話した」

ジェシーはどんな反応をしたのだろう？　不安に襲われ、フィノーラの声がふるえた。「わ、わたしが妊娠していると話したの？」

「いいや」トラヴィスはフィノーラの肩を抱いたまま、ソファーに座らせた。「ジェシーは、ゆうべのディナーの席で、きみが気分が悪いと言っていたかどうかをきいてきただけだ。きみはゆうべ、そんなことは言っていないだろう？　それに、今朝になって調子が悪くなったことも、あの子には言っていないよ」

フィノーラは安堵《あんど》の息をついた。「あなたとジェシーの仲がいいことは知っているわ。でも、できれば赤ちゃんの件は、わたしの口から話させてほしいの」

「正直に言って、ぼくもそれがいいと思う」

トラヴィスは照れくさそうに笑い、フィノーラを抱き締めた。

「ジェシーがティーンエイジャーだったころ、父親のぼくがいちばん心配していたのは、こういう事態だ。ある日あの子に、〝わたし、にきび面の少年とそういう仲になってしまったの〟と告げられたら、どうすればいい？」

「ジェシーを信じていなかったの?」トラヴィスは
わたしが思っているより、パトリックに似ているの
だろうか?

「誤解しないでくれ」トラヴィスは頭を振った。
「どんなときだって、あの子のことは信じていると
も。ぼくが信用していなかったのは、理性よりホル
モンのほうが勝ったティーンエイジャーの少年ども
さ。町でいちばんかわいい女の子に甘い言葉をかけ
て、親のピックアップトラックの後部座席に連れ込
もうとする。想像するだけで眠れなくなったもの
だ」

フィノーラは思わずほほえんだ。「あなたはすば
らしい父親だわ、トラヴィス」

トラヴィスは広い肩をすくめた。「信じてはもら
えないだろうが、ぼくもかつてはティーンエイジャ
ーだった」くすくすと笑いながら、続ける。「特に
十七歳のころなんて、四六時中、欲求不満だったよ。
もしそんなことがばれたら、ぼく自身、少女の父親
たちが夜心配で眠れなくなるような存在になってい
ただろうね」

少年のころのトラヴィスがいまの半分でもハンサ
ムだったら、そのとおりだろう。何人かの少女の父
親たちを悩ませていたはずだ。「皮肉ね。ジェシー
の身に起こったらいやだと思っていたことを、あな
た自身がしてしまうなんて」

トラヴィスは少し体を離して、フィノーラの顔を
のぞき込んだ。

「そう、ぼくたちはふたりとも、こんなことになる
とは思っていなかった。馬小屋で過ごした夜、ぼく
は避妊をしなかった。きみに責められてもしかたが
ない。あとから、なぜ避妊をしなかったのかとずっ
と考えていたんだが」トラヴィスは片手で豊かな髪
を梳《す》いた。「あのときは、何も考えられなくなって
いたんだ」

フィノーラは笑った。「驚かないわ。あの子はいつも、自分の馬のオスカーのことばかり話すんだもの」

「オスカーとジェシーは相思相愛なんだ」笑いながらトラヴィスは頭を振った。「あんな馬、初めて見たよ。ジェシーがニューヨークに行って以来、オスカーはずっとしょげていたんだ。なのに、あの子が訪ねてきたとたん、子馬のようにはしゃぐんだから」

柄にもなく目に涙がこみ上げてきて、フィノーラはいまいましく思った。きっと、ホルモンのせいで涙もろくなっているのだ。「ありがとう、トラヴィス。あの子にすばらしい子ども時代をプレゼントしてくれて」

トラヴィスは親指の腹で、フィノーラの頬を伝う涙をぬぐった。触れられた肌がうずき、彼女の胸は温かいものでいっぱいになった。

「わたしもよ」フィノーラは両手を伸ばし、トラヴィスの顔を包み込んだ。

「わたしがあなたを非難しているとか、愛を交わしたことを後悔しているとか、思ってほしくないわ」

「違うのか?」

「ええ、まったく」フィノーラは、まだふくらんでいない腹部に手を当てると、ほほえんだ。「これはわたしに与えられた、二度目のチャンスなのよ。わたしはジェシーを養子に出したことで、たくさんのものを失ったわ。あの子が初めて歩いた瞬間も見られなかったし、初めてしゃべった言葉も聞けなかった」

「〝お馬さん〟」

「え?」

トラヴィスの顔に笑みが広がる。「〝お馬さん〟が、あの子が初めて口にした言葉だよ」

「ぼくこそお礼を言いたい。あの子を産んでくれてありがとう」トラヴィスは、いくぶんかすれた声で言った。「あの子を養子に出したときはさぞつらかっただろう。でもジェシーの成長を見守るのは、ぼくにとって最高の喜びだったんだよ。きみのおかげだ」

「だからこそ、おなかの赤ちゃんは、わたしにとって大切なの」フィノーラはうなずいた。「ジェシーのときにはできなかったけれど、この子の人生の一部になりたいの」

わかっているよ——晴れた空さながらに青いトラヴィスの目が、そう告げていた。だが、そこに不安の色も浮かんでいるのを見て取り、フィノーラはあわててつけ加えた。

「あなたにも同じように、子どもの人生の一部になってほしいの。父親のあなたから子どもを取り上げる気はないわ」

トラヴィスの目から疑いが消えた。自分が蚊帳の外に追い出されることはないと知り、ほっとしたようだ。「今後、どうしたらいい？　きみはニューヨーク、ぼくはコロラドの住人だ。面倒なことになるだろう」

「わからないわ」フィノーラは正直に答えた。「でも、これからのことを考える時間が八カ月はあるわ」

「ジェシーとケードの結婚式はもう目の前だ。二週間ほど、あわただしくなるぞ」トラヴィスはフィノーラを抱き締め、ソファーにもたれた。「どうだろう、式がすむまで、真剣な話し合いはおあずけにしないか？　しばらく頭を冷やせば、名案が浮かぶかもしれない」

「そうね。そのあいだに、ジェシーにどう打ち明けるか考えるわ」

フィノーラはトラヴィスの肩に頭をもたせかけ、

あくびを手で隠した。

「このことを知ったら、ジェシーはどんな顔をするかしら?」

一瞬、トラヴィスのたくましい胸が上下に動き、フィノーラを抱き締める腕に力がこもった。

「ぼくにもわからないよ、スイートハート」

5

フィノーラは、ダイニング・テーブルの向かいに座っている若い女性を一心に見つめながら、どうやって妊娠の話を切り出そうかと思案していた。緊張するあまり、神経が張りつめる。

トラヴィスがコロラドに戻る前に、ジェシーに妊娠を打ち明けるのが適切だろうということで、フィノーラとトラヴィスの意見は一致していた。ところが、結婚式が目前に迫っているため準備に忙しく、ジェシーとゆっくり話す時間がなかなか取れずにいた。

式まで一週間を切ったそんなとき、『カリスマ』誌の広告取り引きをまとめるために、ケードが西海岸に数日出張することになった。そこでフィノーラは、いまがチャンスとばかりにジェシーを夕食に誘ったのだ。

「ねえ、フィノーラ。あなたとの関係は、これからも大切にしていきたいと思っているの」口を開いたかと思うと、ジェシーが唐突に言った。

ジェシーはフォークを置き、勇気をかき集めるかのようにしばらく唇を噛《か》んでいた。だが、思い切ったようにたずねてきた。

「わたし、何か気に障ることをした？」

思いがけない疑問をぶつけられ、フィノーラはあわててジェシーの不安を打ち消した。「いいえ、ハニー。あなたは何もしていないわ」

フィノーラはテーブルに置かれたジェシーの手に両手を添えて続けた。

「何年も離れ離れだったけれど、あなたはわたしの娘。愛しているわ。あなたが何をしようと、わたしの気持ちに変わりはないわ」

「よかった」

ジェシーのほっとした顔を見て、フィノーラの胸は張り裂けそうになった。娘に余計な心配をかけてしまっていたらしい。

でも、フィノーラの妊娠と赤ん坊の父親をジェシーが知ったら、この幸せな気分もいつまで続くか疑問だった。

「先週、わたしがパパたちのディナーの誘いを断ったでしょう？　あれ以来、あなたの様子が変だったから」ジェシーは後ろめたそうにほほえんだ。「パパとくっつけようとしたことを、怒っているのかと思ったの」

フィノーラの鼓動はいつもの倍の速さで刻みはじめた。

打ち明けるなら、いまだ。どうかわたしの告白が、取り返しのつかないほどジェシーを傷つけませんように。

「そのことで話があるの」フィノーラはナプキンをたたんでテーブルの上に置くと、立ち上がってリビングルームを示した。「向こうに行ってゆっくり話しましょう」

急にジェシーが不安そうになる。「なんだか怖いわ、フィノーラ」

フィノーラは首を振り、ジェシーをソファーに導いた。「何も心配ないわ、ハニー」そう言うフィノーラ自身は、いまから娘に告白すると思うだけで、死にそうなくらいの不安に襲われていた。

フラシ天のソファーの両端にジェシーと向かい合わせに座ると、フィノーラは深呼吸した。

「最近、わたしが少しぼんやりしていたのにはわけがあるの」

「だいじょうぶなの？」心配そうに、ジェシーが口を挟んだ。

「ええ、だいじょうぶよ、スイーティー」安心させようと思ってほほえんだものの、緊張のあまり、うまくいったかのか自分ではわからなかった。「先週、お医者さんに診てもらったの。どこも悪くないって言われたわ」

「じゃあ、何が問題なの？」ジェシーは明らかに戸惑っている。

「わたしはなんともないの」口もとに思わず笑みが浮かんだ。「最初はショックだったわ。でも時間がたつにつれて事実を受け入れられるようになったし、とても幸せなことに思えてきたの」

フィノーラは大きく息を吸い、娘の不思議そうな目をまっすぐ見据えた。

「わたし、妊娠しているの」

ジェシーは目を大きく見開いた。そして両手で口を覆うと、小さくうれしそうな声をもらした。「フィノーラ、すばらしいわ」かぶりを振って続ける。「あなたがだれかとつき合っていたなんて、知らなかった」

「正確に言うと……つき合っているわけじゃないわ」いちばん恐れていた瞬間がやってきた。ジェシーに、おなかの子の父親がだれか、告げなくてはならない。「父親はトラヴィスなの」

ジェシーはぽかんと口を開け、たっぷり数秒のあいだ、フィノーラの顔を見つめていた。「わたしのパパ？　あなたの赤ちゃんの父親が、わたしのパパですって？　トラヴィス？　トラヴィス・クレイトンなの？」

フィノーラはゆっくりとうなずいた。

ジェシーがトラヴィスの名を繰り返すのは、ショックを受けたせい？　それとも、嫌悪を覚えたから？

「みんなでシルバー・ムーン牧場に泊まったときね？」ジェシーは言い当てた。その表情からは何も読み取れない。「たしかあなたとパパはパーティーを抜け出して、馬の親子を見に馬小屋に行ったわね」

フィノーラはうなずくと、そのときの状況を説明した。「あなたを大切に育ててくれたことに感謝して、トラヴィスを抱き締めたの……それがきっかけよ」

「すばらしいわ」ジェシーはそう言うが早いか、フィノーラの体に両腕をまわして抱きついた。「あなたとパパのあいだには、何かあるって思っていたもの」背中を反らせ、輝かんばかりの笑顔を見せる。「ふたりが出会った瞬間、お互いに引力のようなもので惹《ひ》きつけられているのが、見ていてわかったの」

「怒っていないの？」フィノーラはジェシーを抱き締めながら、おずおずとたずねた。

ジェシーは首を横に振った。椅子に深く腰かけると、励ますようにほほえんだ。「もちろん、衝撃を受けたことは認めるわ。でも、パパとあなたがカップルになると思うと、楽しみでしかたないの。あなたがどれほどわたしの成長を見届けたいと思ってくれていたか、わかっているわ。それに、パパが最高の父親だってことも。あなたたちのような両親のもとに生まれてくる赤ちゃんは、ほんとうに幸せ者だわ」

ジェシーの力強い口調に、フィノーラの全身に安堵《あんど》が広がった。内から激しい感情がこみ上げ、泣きたい気持ちになった。

「怒っていないと言ってくれて、とてもうれしいわ」

「どうして怒るの？　まるで夢のようだわ。ようやくわたしにも妹か弟ができるんですもの」ジェシーは満面の笑みを浮かべた。「パパもきっと、有頂天になっているわね」不意に言葉を切る。「パパには話したんでしょう?」

フィノーラはうなずいた。「妊娠がわかったのは先週なの。ちょうどトラヴィスも、タキシードの仮縫いでこっちに来ていたわ」妊娠検査をしたとき彼も一緒にいたことと、その前夜にも愛し合ったことは伏せておいた。

「どうしてパパはわたしに何も言わなかったのかしら?」

「わたしが頼んだのよ。赤ちゃんのことは、わたしの口からあなたに打ち明けたいから話さないでほしいって。もしトラヴィスとわたしのことであなたがショックを受けるなら、怒りはわたしにぶつけてほしかったから」フィノーラはいったん言葉を切ってから説明を続けた。「わたしが責任をすべて引き受ければ、あなたとトラヴィスの関係を壊さずにすむと思ったの」

ジェシーはフィノーラの手を取り、両手で包み込んだ。「なんて優しいの。でも、ちっとも怒ってなんかいないのよ」にやりとする。「むしろ、その反対だわ」

フィノーラは肩から重荷が下りた気がした。「あなたに何度打ち明けようとしたかしれないわ。でも、なかなかチャンスがなくて」

「結婚式の準備で大忙しだったものね。今夜、一緒にディナーがとれたのも驚きだわ」ジェシーは同意の印にうなずきながら言った。「もうだれかに話したの?」

「いいえ。真っ先にあなたに言うべきだと思ったから」

「ききたいことが山ほどあるわ」不意にジェシーの表情が真剣なものに変わった。「どうやって赤ちゃんを育てていくか、パパと話し合った? ふたりで協力して育てるの?」

「それがいちばん公平なんでしょうけど」フィノー

ラはため息をついた。「問題は、どうやって実行するかなのよ」

「そうよね。あなたには『カリスマ』誌があるし、パパだって、シルバー・ムーン牧場を離れてニューヨークに出てくるとは思えないわ」ジェシーは首を横に振った。

「トラヴィスもあなたたちの結婚式が終わるまではニューヨークにいるから、そのあいだに彼ともう一度話し合ってみようと思うの。いい考えが浮かぶといいけれど」

フィノーラはほほえみ、美しく物わかりのいい娘を抱き締めた。

「解決策が見つかるように祈っていてちょうだい、ジェシー。わたしが近々母親になると発表するとき、一族のみんなが一緒に喜んでくれるように」

黒いタキシードに身を包んだトラヴィスが、美しい娘をエスコートしながら、〈ザ・タイズ〉の幅の広い階段を下りてくる。その光景を見守るフィノーラの目に、涙が浮かんだ。

今日のトラヴィスは、信じられないほどハンサムだった。そして、サテンとレースでできた純白のウエディングドレスを身にまとったジェシーは、息をのむほどに美しい。花婿ケードのうっとりとした表情を見れば、彼も花嫁の美しさに見とれているのがわかる。

フィノーラはちらりと母メーヴとパトリックに目をやり、ふたりに感謝した。

両親は、長いあいだ離れて暮らしていた孫娘を快くエリオット一族に迎え入れ、ぜひともハンプトンの彼らの屋敷で挙式するように言ってくれたのだ。ジェシーのために、せめてそれぐらいのことはしたいと。

トラヴィスがジェシーをエスコートして、広いリビングルームにずらりと並ぶ椅子のあいだの通路を歩いていく。そして通路を歩きおえたところで、彼はジェシーの頬にキスをし、ケードに娘を手渡した。

トラヴィスの胸の内が、フィノーラには痛いくらいにわかった。愛する子どもの幸せを他人の手にゆだねるのは、トラヴィスにとってかつてない試練だろう。

「つらかったよ」トラヴィスはフィノーラの隣に腰を下ろすと、ジェシーとケードが誓いの言葉を交わすのを見ながらかすれた声で言った。フィノーラは胸がつかえて言葉を出すことができず、ただ彼の手を握った。

式のあいだじゅう、トラヴィスはフィノーラの手を握っていた。彼の心情を察すれば、驚くことではなかった。

ジェシーとケードが夫婦の誓いを終えると、参列者たちはファミリールームの隣にあるレセプション会場に移動しはじめた。

フィノーラはしばらくひとりになって、高ぶった気持ちを落ち着ける時間が欲しかった。「ごめんなさい、トラヴィス。メークを直してきてもいいかしら」

「ぼくもちょっと時間をつぶしてこよう」トラヴィスの表情は硬く、声はしわがれている。彼もひとりになる必要があるのだと、フィノーラは察した。

「外でひと息ついてくるよ」

「じゃあ、またあとで」フィノーラはトラヴィスの引き締まった頬にキスをした。

正面扉に向かうトラヴィスの後ろ姿を見つめながら、フィノーラは想像せずにはいれなかった。彼のように惜しみない愛を注いでくれる父親がいるというのは、どんな気分なのだろうと。

わたしには無条件で愛してくれる父親などいなかった。

フィノーラはおなかに手を当てて、思った。トラヴィスが父親で、この子はこのうえなく幸せだわ。

「フィノーラ、だいじょうぶ？　少し顔色が悪いわ」

やわらかいアイルランド訛《なまり》に顔を上げると、メーヴ・エリオットがそこにいた。

「お母さん、ふたりきりで話せるかしら？」フィノーラはたずねた。妊娠を母に告げるのは、いましかない。

メーヴの淡い緑色の目が、驚いたように丸くなった。悪いニュースだと思ったようだ。「もちろんよ、スイートハート」

メーヴはフィノーラを図書室に招き入れ、ドアを閉めた。

「何かあったの、フィノーラ？」明らかに心配そうな声でたずねる。

「どうもしないわ」安心させるように、フィノーラは母親の腕に手を添えた。「実際、二十三年ぶりに、何もかもがあるべき状態に戻ったのよ」

メーヴの優しい顔に刻まれていた、不安そうなしわが消えた。彼女はにっこりしてフィノーラを抱き締めた。「わたしもそう思うわ、フィノーラ」

フィノーラは母をしばらく抱き締めてから、暖炉の前にある背もたれの高い肘掛け椅子に導いた。

「座って、お母さん。話があるの」

ふたりで座り心地のいい椅子に落ち着くと、フィノーラは物問いたげな母の目を見つめた。

「わたし、妊娠したの。トラヴィスの……ジェシーの養父の子どもよ」

メーヴは一瞬、フィノーラを見つめた。そして、手で顔を覆い、すすり泣きはじめた。

フィノーラの脳裏に過去の記憶がよみがえった。メーヴの反応は、かつてジェシーを妊娠したことをフィノーラが打ち明けた夜と、まったく同じだった。

当時と違うのは、パトリックがこの場にいないことだけだ。

「今度こそお母さんに喜んでほしかったのに」フィノーラは重いため息をついた。「また失望させてしまったようね」

「まあ、違うわ、フィノーラ」メーヴはフィノーラの手を両手に包み込んだ。「うれしいから泣いているのよ。あなたは赤ん坊だったジェシーを抱き締めてやることもできず、美しい女性に成長する過程も見られなかったわ。でも今度こそ、自分の赤ん坊を腕に抱き、育てていくのよ」

「ほんとうなら、わたしはジェシーを育てることができたはずよ」こらえきれず、フィノーラの頰を苦々しい涙が伝った。「どうしてなの、お母さん？どうして赤ちゃんを奪おうとするパトリックを止めてくれなかったの？子どもを失うのがどんな気持ちか、わからなかったはずがないわ。なすすべもなく娘を奪われるのが、どんな気持ちか……」高ぶる声を抑えようと、フィノーラはかぶりを振った。「お母さんだってアンナが死んだとき、胸が張り裂けそうだったでしょう？」

メーヴの目に苦痛の色がよぎり、フィノーラは胸が締めつけられた。

姉の話を持ち出すつもりはなかった。七歳の娘を癌《がん》で亡くしたことは、母には耐えがたい苦しみだったに違いない。でも、わたしが言っていることは間違っていない。否応なしに赤ん坊を奪われたわたしの気持ちが、母にはわかるはずだ。

「ああ、フィノーラ。つらい思いをさせてごめんなさい」メーヴのアイルランド訛がきつくなった。感情が高ぶると、いつもそうだった。メーヴはリネンのハンカチで涙をぬぐい、頭を振った。「あれは家族にとって悲しい日だったわ。ずっと後悔しつづけてきたのよ」

「だったらなぜ、パトリックにあんなことをさせたの？　なぜ止めてくれなかったの？」

メーヴは首を振った。「もちろん止めたわ。でもお父さんは聞く耳を持たなかったの。しまいにわたしたちの結婚生活まで危うくなりかけて、黙らざるをえなかったの」

「わたしのことで、お母さんはパトリックと揉《も》めたの？」フィノーラにとっては初耳だった。

メーヴがうなずいた。「あなたのお父さんは頑固者よ。あなたや家族よりも、自分のプライドが大切なの」

「知らなかったわ」フィノーラはてっきり、母はいつもパトリックの肩を持っているとばかり思っていた。「お母さんたちはいつも、共同戦線を張っていたじゃない。パトリックがジェシーを取り上げたときも、てっきりお母さんは指をくわえて見ていただけだと思っていたわ」

「あなたは知らなくてよかったのよ」メーヴは寂しげにほほえんだ。「夫婦間のことは、ふたりの問題だから」

「ごめんなさい、お母さん」誤解が解け、母への怒りがすっと消えていく。フィノーラはメーヴの細い肩を抱き締めた。「わかっているわ。お母さんはいつだって、パトリックをとても愛していた。わたしたちとパトリックとの板挟みになって、さぞ苦しかったでしょうね」

「もうすんだことよ」メーヴはフィノーラの髪をなだめるように撫《な》でた。「ジェシーの結婚式に集まったみんなの前で、赤ん坊のことを告げるべきよ」抱き合ったまま優しく言う。

背中を反らして母の顔を見つめ、フィノーラは首を振った。「だめよ。今日はジェシーが主役の日なのよ。あの子の幸せに水を差したくないわ」

「ジェシーはこのことを知っているの？」

フィノーラはうなずいた。「わたしの口から知らせたかったから」

「あなたたちのこと、喜んでくれた？」

「それはもう」

「全員が集まる機会なんて、めったにないわ」メーヴはほほえんで椅子から立ち上がると、フィノーラの手を引っ張って同じように立ち上がらせた。「ジェシーたちの結婚と一緒に、赤ん坊のお祝いもしなくちゃね」

フィノーラは不安をのみ込もうとした。「困るわ。わたしのせいで、パトリックがジェシーの大事な日を台無しにするようなことになったら……」

メーヴは静かに首を振った。「心配はいらないわ、フィノーラ。お父さんは昔とは違う。変わったのよ」

「いつから？」

「お父さんにチャンスをあげてちょうだい」メーヴはそう言って、だいじょうぶだと安心させるようにほほえんだ。

ふたりが図書室から廊下に出ると、階段のところにトラヴィスがいた。彼に母の提案を知らせなくてはいけない。それからジェシーとケードを捜して、妊娠のことを今日発表していいかどうかきいてみよう。

「先にレセプション会場に行っていて、お母さん。わたしたちもすぐに行くわ」

メーヴが立ち去るのを待ってから、フィノーラはトラヴィスに向き合った。

「母は、一族が顔をそろえている今日この場で、妊娠のことを発表するのがいいと思っているの」声をひそめて告げる。「それでかまわない？」

トラヴィスはうなずいた。「ぼくはそれでいい。問題はきみの気持ちだ」

「自分でもよくわからないわ」フィノーラは正直に

言った。「もう一度母親になるチャンスを与えられて、わたしがいまどんなに幸せで興奮しているか、みんなに伝えたいわ。でも、パトリックの反応が心配なの。ジェシーとケードの大切な日に水を差すようなまねをしてほしくないのよ」

トラヴィスは首を横に振った。「そんなことはしないよ」

「あなたはパトリック・エリオットを知らないのよ」フィノーラはため息をついた。「知らなくて幸いだわ」

「彼は体裁を気にするんだろう?」

「パトリックにとってはそれがすべてなのよ」声に嫌悪がにじみ出る。

トラヴィスはうなずき、にっこりした。「だったら、みんなの前で一族の恥をさらすようなまねはしないよ」

よく考えればトラヴィスの言うとおりだと、フィノーラは思った。招待客は一族の人間ばかりではない。間違ってもパトリックは他人の前で一族の名に泥を塗るような行動はとらないだろう。

「そのとおりね」

トライヴィスはフィノーラの腕を取り、陽気なざわめきが聞こえるレセプション会場へと向かった。

「さあ、ジェシーとケードを捜して、みんなの前で発表する許可をもらおう」

「あいつがおまえにひどいことをしたら、パパに知らせると約束してくれ」トラヴィスはジェシーとダンスフロアで踊りながら言った。「すぐに東行きの飛行機に飛び乗って、ぐうの音もでないほどとっちめてやる」

「まあ、パパったら。ほんとうに、根っからのカウボーイなんだから」ジェシーは笑ってトラヴィスを抱き締めた。

トラヴィスもジェシーを抱き締め返した。「おまえに幸せになってほしいんだよ、エンジェル」

「ママがここにいてくれたら、もっと幸せだったのに」ジェシーがそっと言った。

時は、トラヴィスの喪失感と悲しみを癒《いや》してくれた。だが娘の特別な日をローレンに見せてやれなかったことは、いまでも心残りだった。「ママならこのお祭り騒ぎの中心になって、とことん楽しんだだろうな」

ジェシーの頬を涙が伝う。「そうね」

しばらくのあいだ、ふたりは黙り込んだ。ややあって、トラヴィスがたずねた。「レセプションでフィノーラが妊娠の件を一族に発表しても、ほんとうにいいのかい?」

ジェシーはうなずいた。「うってつけの機会だと思うわ。よかったら、わたしからみんなに発表したいわ。フィノーラがいやがるかしら?」

「正直、だれかが代わりに秘密を打ち明けてくれたほうが、彼女も気が楽だろう」トラヴィスはエリオット家の家長であるパトリック・エリオットにちらりと視線を送った。「フィノーラは、彼がどう反応するか不安なんだよ」

「フィノーラが何かを怖がるなんて、想像できないわ」ジェシーが顔をしかめた。

「怖がってなんかいないさ。ただ、心配しているんだ」トラヴィスは訂正した。「フィノーラは今日という日を、おまえとケードにとって完璧《かんぺき》な一日にしたいんだよ」忍び笑いをもらす。「彼女は勇敢な女性だ。もし、あの金持ちの家長のたんすが抵当に入る破目にでもなったら、フィノーラは小熊《こぐま》を守る母熊みたいに彼を守るだろう」

ジェシーは目を細めてほほえんだ。「フィノーラは優しいものね」一瞬口をつぐんでから続けた。「わたしから発表すれば、お祖父《じい》さまはきっと何も

「言わないわ。パパはフィノーラのそばについていてあげて。だれかが支えていてあげないと」

ジェシーが何をもくろんでいるのか、トラヴィスには見当もつかなかった。だが聡明《そうめい》な娘だ。彼女の判断を信じよう。ジェシーなら、きっとエリオット家にいざこざを引き起こさずに、妊娠の件を発表できる。

「わかったよ、エンジェル。今日はおまえの日だ。おまえの好きにするがいい」

ダンスが終わると、トラヴィスは娘の頬にキスをし、ケードに引き渡した。そしてフィノーラとシェーンがいるテーブルに座った。

「ジェシーが大きな秘密をみんなに発表してくれる」トラヴィスはフィノーラの耳もとでささやいた。「異論は？」

フィノーラが首を横に振ると、シルクのような金褐色の髪がなめらかな肩先で揺れた。トラヴィスは思わずうっとりとその様子に見とれた。「ないわ。でも、いつ言うつもりかしら？」

「ぼくにもわからない」トラヴィスは、白いリネンのテーブルクロスの上に置かれたフィノーラの手に手を重ねた。「だが、ジェシーのことだ。きっとまもなく実行するだろう」

トラヴィスがそう言ったそばから、ジェシーとケードがバンドが使っているマイクに歩み寄るのが見えた。

「みなさま、突然ではありますが、妻のジェシーからお知らせがあります」ケードがちらりとジェシーを見ながら言った。そのまなざしから、彼がジェシーをどれほど愛しているかがうかがえ、トラヴィスは安心した。

全員の視線がいっせいにジェシーに集まり、部屋が静まり返る。

ジェシーは隣に立つ男性をいとしげに見つめた。

「今日はわたしたちにとって人生で最良の日です。わたしたちの結婚を祝ってくださったみなさまに、ケードとわたしから改めて感謝の言葉を述べたいと思います」

ジェシーは言葉を切り、トラヴィスとフィノーラのテーブルに視線を向けてほほえんだ。

「そしてもうひとつ、みなさまにうれしいお知らせがあります。妹か弟が欲しいというわたしの願いが、ついに叶《かな》うことになりました。来年の夏、フィノーラと父は、わたしにきょうだいをプレゼントしてくれます」

静まり返っていた室内は、一瞬の間をおいて、突然割れんばかりの拍手に包まれた。気がつけば、トラヴィスはフィノーラとともに、ふたりの幸せを祝福するエリオット一族に取り囲まれていた。

フィノーラの兄たちやその妻、甥《おい》や姪《めい》が次々におめでとうと言いに来る。だが、フィノーラの視線は、部屋の反対側で大理石像のようにじっと立つ背の高い白髪の男性に向けられていることに、トラヴィスは気づいていた。

パトリック・エリオットはニュースを聞いて、苦虫を噛みつぶしたような顔をしていた。一方、彼の傍らではメーヴが、幸せそのものといった表情を浮かべている。

やがてメーヴは、パトリックに話しかけて彼の腕を取った。ふたりがこちらに近づいてくる。トラヴィスはフィノーラの肩を抱き寄せると、老人の冷たい目を正面から見据えた。

フィノーラを脅かす者は、だれであろうと許すつもりはない。

パトリック・エリオットが歩を進めるにつれ、人垣が真っぷたつに割れていった。まるで、モーゼが紅海を切り開いた場面を見ているかのようだ。数千年前も、きっとこんなふうにあたりが静まり返ったのだろうとトラヴィスは想像した。小さな子どもでさえ、物音ひとつたてない。

「赤ん坊の誕生はすばらしいことだわ。新しいメンバーを我が一族に歓迎します」メーヴが、ぎこちない沈黙を破った。

フィノーラが進み出て、ほほえみながら母親を抱き締めた。「ありがとう、お母さん」

続いてパトリックが祝福するのを、みなが待っていた。しかし彼は、相変わらず知らん顔を決め込んでいる。

フィノーラは顔色ひとつ変えなかったものの、その美しいエメラルド色の目に苦痛の影がよぎるのを、トラヴィスは見逃さなかった。だが一瞬ののちに、フィノーラの目は父親に負けないくらい挑戦的な目になった。

沈黙は耐えがたいほど続き、このままでは会場にいる全員が息をつめすぎて気を失うのではないかと思われた。

そのとき、メーヴが夫の顔を見て口を開いた。

「ねえ、あなた。いい機会ですし、〈エリオット・パブリケーション・ホールディングス〉の後継者の座を競わせた理由をお話しになったらどうかしら？」

パトリック・エリオットは額にしわを寄せ、首を横に振った。「余計なことだ、メーヴ」ぶっきらぼうに言う。「どうせすぐにわかることだ」エリオット家の家長はそう言い捨てると、妻の手を取り、踵《きびす》を返して立ち去った。

「気にしてはいけないよ」シェーンがフィノーラの体に腕をまわした。

フィノーラは父親の態度に驚くことなく、冷静に状況を受け止めているようだった。「最初からパトリックには何も期待していないわ」頭を振り、双子の兄を抱き返した。

しばらくして周囲の人が去り、バンドの演奏が再開された。そのとき、ブロンドの若い女性がシェーンにそっと近づいてきたのに、トラヴィスは気づいた。

女性が耳もとで何やらささやくと、シェーンは死人をも起こすような大声をあげて彼女を抱き締めた。満面に笑みを浮かべて、彼女を抱き上げたままぐるぐるとまわる。

周囲の注目を残らず浴びていることに気づき、首から上を真っ赤にするシェーンを見て、トラヴィスは必死に笑いをこらえた。小柄なブロンド女性も恥ずかしさのあまり、いまにもテーブルの下に飛び込みそうだ。

「トラヴィス、こちらはシェーンの秘書をしているレイチェル・アドラーよ」フィノーラはにこやかにブロンド女性をトラヴィスに紹介した。

「はじめまして、ミスター・クレイトン」レイチェルは頬を染めたまま言った。「せっかくお会いできたのに申しわけありませんが、用がありますのでわたしはこれで失礼します。シェーン、また月曜日にオフィスで」

レイチェルが逃げるように部屋のドアに向かうと、フィノーラは兄に向き合った。「さっきのごたいそうなパフォーマンスと満面の笑みについて、説明してくれるのかしら？」

「遠慮しておくよ」

「わたしの考えを聞きたい？」

「いや、結構だ」シェーンは決然とした口調で答えた。

「手ごわいわね」

フィノーラはトラヴィスにウインクしてみせた。その笑顔を見て、トラヴィスの胸に温かいものが広がった。これほど美しいフィノーラは見たことがない。

「でも言わせてもらうわ、兄さん」

シェーンが顔をしかめる。「やめてくれ」

「レイチェルが何を言ったか知らないわ。だけど、兄さんは彼女を抱き締めるためならどんな言い訳もいとわないでしょうね」フィノーラは兄の言葉など聞かないふりをして言った。

「黙って自分のことだけ考えていろ」シェーンはむっとしたように言い、踵を返した。

「いまので確信したわ、シェーン」フィノーラは兄の背中に言った。

トラヴィスは、フィノーラのほがらかな笑い声が自分の体に及ぼす奇妙な影響について、なぜか考えたくなかった。「踊ろう」唐突に言い、フィノーラの手を取りダンスフロアへ誘った。

「ダンスは好きじゃないんでしょう？　ジェシーが言っていたわ」トラヴィスが引き寄せると、フィノーラは軽く息をはずませた。

「そのとおりさ」トラヴィスはささやいた。身をふるわせるフィノーラを見て、ほほえむ。「この会場内でいちばんの美女を腕に抱くためなら、どんな言い訳も辞さないのは、何もきみのお兄さんだけじゃない」

6

「あんなにすてきなカップルを見たのは初めてよ」

街へ戻る〈エリオット・パブリケーション・ホールディングス〉のリムジンの後部座席に乗り込むと、フィノーラは幸せそうにため息をもらし、つぶやいた。

「ジェシーの美しさときたら、思わず息をのむほどだったわ」

「きみにそっくりだったね」トラヴィスは手を伸ばし、フィノーラの手を取った。

「そうかもしれないわね、わたしをうんと若くしたら」フィノーラは笑った。

トラヴィスがほほえむと、フィノーラの体は爪先まで熱くなった。

「まだ言っていなかったね。この淡い緑色のドレスをまとったきみが、どんなにセクシーだったか」そう言ってトラヴィスは、ヴェルサーチのなめらかなシルクドレスに、人差し指をそっと走らせた。「きみとジェシーは、会場内でいちばんの美女だったよ」

「まあ、あなただってとてもハンサムよ、カウボーイさん」フィノーラは黒いタキシードに包まれたトラヴィスの腕に片手を添えた。「フォーマルな服装のあなたも信じられないほどすてきだわ、トラヴィス」

トラヴィスは鼻を鳴らし、不満げにぶつぶつとつぶやいた。「まるで、余興の猿にでもなった気分だよ」

「ひどくハンサムなお猿さんね」フィノーラは笑った。

「さあ、いまのうちによく見ておいたほうがいいぞ。二度とこんなものは着ないから」トラヴィスはフィノーラの肩に腕をまわした。「シルバー・ムーン牧場に帰ったら、すぐさまクローゼットにしまい込むつもりだ。そして、二度とこの服が日の目を見ることはない」

「そんなのわからないわよ」

「人には、確信を持てるときというものがあるんだ」

トラヴィスの腕に力がこもり、フィノーラはさらに彼に抱き寄せられた。耳もとで響く低い笑い声が、全身に小さなふるえをもたらす。

「ぼくがまたこのタキシードを着るくらいなら、どんな愚か者でも改心するさ」

やがて〈ザ・タイズ〉からもれる明るい光も見えなくなり、あたりは夜の帳《とばり》に包まれた。トラヴィスはボタンを押して、運転席と後部座席とをパネルで仕切った。

「気分はどうだい？」トラヴィスがたずねた。「今日は感情が揺さぶられて、大変な一日だったに違いない。くたくただろう？」

「そのはずだけれど、驚いたことにとても気分がいいの」これから二時間ほど続くドライブを快適に過ごすために、フィノーラはハイヒールを脱ぎ捨てた。「もしかしたら、妊娠していることをみんなに隠す必要がなくなったから、ほっとしたのかもしれないわ」

トラヴィスに抱き寄せられ、フィノーラの体は彼の体と密着した。彼の熱い吐息がこめかみにかかるやわらかな髪を揺らし、肌がざわめく。

「やっぱり、きみのお父さんは何も言わなかっただろう？」

「ジェシーのスピーチを聞いたあとだから、何も言えなかっただけよ」母親の妊娠に、ジェシーが喜びと賛同を示してくれたのを思い出し、胸が熱くなった。フィノーラはほほえんだ。「ジェシーはすばらしいお姉さんになるわ」

「きっと姉にひどく甘やかされて、手がつけられない子どもになるぞ」

「あなたは甘やかさないのね?」

トラヴィスはフィノーラの耳もとでしのび笑いをもらし、抱きすくめた。「〝ああ、もちろん〟とは言えないな」

心地よい沈黙が数分ほど流れたあと、トラヴィスがまた口を開いた。

「どうやって妊娠期間を乗り切るか、どうやって離れた場所に暮らしながらふたりでうまくやっていくか、何か結論が出たかい?」

「ここ最近、結婚式の準備に追われていたからゆっくり考える時間がなかったの」フィノーラは首を横に振った。「あなたのほうはどう? 何か思いついた?」

「いいや。でも、解決策を見つけていかなければね」トラヴィスはフィノーラの顎を人差し指でとらえ、上を向かせた。

目が合うと、トラヴィスは笑みを浮かべた。フィノーラの爪先はリムジンのふかふかの絨毯《じゅうたん》の上で丸まった。

トラヴィスはフィノーラの目を見据えたまま言った。「こんなことは、まったくもって初めてなんだ。だが、何もかもきみと分かち合いたい。本気だよ。育児だけでなく、妊娠している期間も含めて、きみのそばにいたいんだ」

フィノーラが何か言う前に、トラヴィスはそっと彼女の唇を唇で覆った。

あまりに優しいキスに胸を打たれ、フィノーラの目に涙が浮かんだ。重ねられた彼の唇はとてもやわらかく、フィノーラはたちまち車内の温度が上昇したように感じた。

だが、それで終わりではなかった。うながされるままに口を開くと、トラヴィスの舌が侵入してきて、親密な行為を思わせる動きをした。フィノーラの魂の奥底で火花が散り、血管を通って体じゅうに熱が広がっていく。

大胆にカットされたグリーンのイブニングドレスの襟もとから、トラヴィスの手がすべり込んできた。ブラジャーのカップが下にずらされ、ふくらみを愛撫《あいぶ》される。閉じたまぶたの裏で閃光《せんこう》がほとばしり、フィノーラのもっとも女らしい部分に欲望が芽生えた。

日々の労働で硬くなったトラヴィスの手のひらが敏感な胸の頂に触れたとたん、フィノーラの体のすみずみにまで純粋な喜びが駆け抜けた。さらに彼の親指の腹にとがった胸の先をこすられると、鼓動が乱れ、フィノーラは息をすることすらままならなくなった。

トラヴィスは親指と人差し指で胸の頂をそっと転がしながら、舌でフィノーラの口のなかを探索しつづける。フィノーラは、いままで感じたことのない切羽つまった欲望に襲われ、こらえきれずに喜びの小さな声をもらした。

「どんな気分だい、スイートハート？」トラヴィスが口もとでささやいた。そのなめらかで深みのある声が、フィノーラの唇に小さな振動を与える。脚のつけ根が熱を帯びていき、フィノーラは言葉にならない声をもらした。

膝の上に抱き上げられ、フィノーラは荒々しいまでの彼の欲望の証《あかし》を感じた。それに応《こた》えたいという、みずからの欲求の強さに、軽い眩暈《めまい》を覚える。緊張は狂おしいまでに高まり、もう一度トラヴィスとのすばらしい行為に身をまかせることしか考えられなくなった。

トラヴィスは座席の上でふたりの体勢をととのえようと試みていた。やがて彼がもらした欲求不満のうめき声が、官能のもやに包まれてぼんやりとしていたフィノーラの耳に届いた。

「車のバックシートで愛し合うのは久しぶりだ、スイートハート」ビロードのシートの隣にふたたびフィノーラを座らせながら、トラヴィスが言う。「だが、このリムジンのバックシートは、ぼくがきみにしたいことをするには狭すぎる」

「いつコロラドに戻るの？」息を切らしつつ、フィノーラはたずねた。

「明日の午後だ」トラヴィスの唇がフィノーラのうなじを這《は》った。「今夜は一緒に過ごそう、フィノーラ」彼は激しく脈打つフィノーラの首筋に歯を立てた。

これからふたりのあいだに起ころうとしていることから身を引くべきなのは、明らかだった。少し頭を冷やして考えれば、フィノーラもそうすべき理由をすべて思いつけただろう。

ふたりの赤ん坊が生まれるとはいえ、トラヴィスはここから何千キロも離れたコロラドにある、静かで美しい牧場に暮らす人。かたやフィノーラは、世界でいちばん刺激的で魅力的な都市ニューヨークの住人なのだから。

だが、フィノーラはためらうことなく、信じられないくらい魅力的で、包容力のある男性に身をすり寄せた。「あなたのベッドで？　それとも、わたしのベッド？」

「なんだってこういうところの鍵《かぎ》は、普通の金属製じゃないんだ？」ホテルのドアの差し込み口に小さなプラスチックのカードを入れながら、トラヴィスはぼやいた。

ハンプトンからホテルまでの道のりほど長く感じ

たドライブはなかった。

リムジンのなか、片時も互いから離れずにいたため、トラヴィスは酷暑の八月の溶鉱炉よりも熱くなっていた。

一方のフィノーラも、似たり寄ったりの状態らしい。磁器を思わせるなめらかな頬を、満たされない情熱で赤く染めている。その姿はたまらなくセクシーだった。

ようやく小さな緑色のランプがつきロックが解除されると、トラヴィスはドアを開けてフィノーラを導き入れた。ドアが閉まるなり、部屋の明かりをつけてフィノーラを抱き寄せる。

「デザイナーズドレスについて、気づいたことがあるんだ。なんだと思う?」ウエストまでドレスのファスナーを下ろしながら、トラヴィスはフィノーラに問いかけた。

「何かしら?」トラヴィスと同様に息をはずませ、フィノーラが問い返す。

「男を欲望で狂わせるようにデザインされているってことさ」

トラヴィスはフィノーラの官能的な上半身からドレスを脱がせ、彼女を抱き締めた。ほっそりした足首にグリーンのシルクのイブニングドレスがふわりと落ちる。

数千ドルはしそうな高価なドレスが床でしわくちゃになろうとも、トラヴィスはかまわなかった。そんなことよりも、彼女の鎖骨からクリームのようになめらかな胸もとへキスの雨を降らせるのに忙しかった。

トラヴィスが珊瑚《さんご》色の胸の先端をとらえ、口に含むと、フィノーラはわなないた。フィノーラの甘い体を堪能《たんのう》するうちに、徐々につぼみが硬くとがってきた。トラヴィスの下腹部は、痛いほどに張りつめた。

「気が変になりそう」トラヴィスにしがみつきながら、フィノーラが言う。

「わかるよ、スイートハート」トラヴィスは荒い息をついた。「さあ、とっておきのドレスを脱ごう。ぼくがばかなまねをして、引き裂いてしまわないうちに」

フィノーラの笑い声は、たちまちトラヴィスの体に熱をもたらした。「いま、余計なものを身にまとっているのはあなただけじゃないかしら、ミスター・クレイトン？」

トラヴィスは、レースとシルクの小さなショーツだけを身に着けて立つフィノーラを見下ろし、にやりとした。彼女が着ていたドレスには、ブラジャーだけでなくペチコートも縫いつけてあったのだ。

賭《か》けてもいい。だれが女性のドレスと下着を組み合わせることを考え出したのかは知らないけれど、間違いなく世の男たちはみな、その思いつきを賞賛するだろう。

「鋭い指摘だね、ミス・エリオット」

ズボンからシャツの裾《すそ》を引っ張り出しながら、トラヴィスは先ほどとは反対のことを思った。フォーマルな衣装に飾りボタンをつけたほうがいいと考えたやつの首を絞め上げてやりたい、と。

「わたしに手伝わせて」フィノーラが一歩前に進み出た。

ほっとしたことに、フィノーラはあっという間にシャツのボタンをはずし、あらわになったトラヴィスの胸に手をあてがった。やわらかい手のひらに触れられた瞬間、稲妻が炸裂《さくれつ》したかのように、トラヴィスは頭のてっぺんから爪先にまで電流が走るのを感じた。

牧場で牛に突進されたときと同じように、トラヴィスはぶんぶんと頭を振り、一歩下がって彼女から離れた。

「自分で脱いだほうがよさそうだ。さもないと、この老馬が出走ゲートから出る前に、レースが終わってしまう」

「それはまずいわ」フィノーラはハイヒールを脱ぎ捨て、下腹部を覆う小さなレースとシルクのショーツに手を伸ばした。脱ぎ捨てたドレスの上にショーツを落とすと、フィノーラはキングサイズのベッドカバーの下にもぐり込んだ。

トラヴィスは鋭く息をのみ、自分も服を脱ぐことに集中した。全裸でフィノーラの隣にもぐり込んだときには、マラソンでもしてきたかのように息切れしていた。

トラヴィスは確信した。ぼくは、服を脱ぐ最短記録を打ち立てたに違いない。

彼がフィノーラの体に腕をまわして唇を重ねると、フィノーラは熱心にキスに応えてきた。その様子に、トラヴィスの体じゅうを血が駆けめぐった。途方もない欲望に襲われて体が張りつめ、軽い眩暈を覚える。

息もできないほどフィノーラが欲しい。ひとつになることしか考えられない。

だがトラヴィスは、それ以上を望んでいる自分に不意に気づき、ショックを受けた。

ぼくはフィノーラと、魂でつながりたいと思っている……彼女のすべてをぼくのものにしたいと願っている。

それは、トラヴィスを不安に陥れるのに充分な感情のはずだった。しかし、フィノーラのやわらかい体が密着し、キスに応える甘い唇を味わっているいまは、まともにものが考えられなかった。

トラヴィスはフィノーラにキスをしながら、彼女の両手が胸の筋肉をたしかめるかのように這いまわるのを感じた。その指先が硬い胸の先に触れると、彼は息を吸うために、唇を離した。枕《まくら》にもたれかかり、暴走しはじめた欲望を抑えようと奥歯をくいしばる。

「こうすると、あなたも同じように気持ちがよくなるのかしら、ダーリン？」フィノーラがたずねる。

「ああ、もちろん」熱い血が血管を通り、トラヴィスの体じゅうに駆けめぐる。耳鳴りがし、下腹部がこわばった。

もし理性が残っていれば、これ以上先へ進まないうちにフィノーラにやめてくれと言っていただろう。だが彼女の手の感触があまりにも心地よくて、トラヴィスは止める気になれなかった。

フィノーラの手は胸毛からへそ、さらに下へと進む。トラヴィスの喉は急速に乾いてからからになり、言葉が出なくなった。

ついにフィノーラの細い指が、荒々しいまでに高まった欲望の証にたどりついた。その瞬間、思わず理性が吹き飛びそうになり、トラヴィスは必死でこらえた。

想像したこともないほど強い飢餓感の波をようやくやり過ごすと、優しく愛撫しつづけるフィノーラの両手をつかんだ。

「フィノーラ、信じてくれ。きみがしてくれていることが気に入らないわけじゃない。むしろ望んでいるんだ」まるで錆《さ》びた門扉さながらきしんだ声になり、トラヴィスは咳払《せきばら》いをしてから続けた。「ぼくは、雌牛だらけの囲いのなかに入れられた若い雄牛のごとく、熱く興奮している。もう少しペースを落とさないと、六月の霜よりも長持ちしそうにないんだ」

フィノーラはトラヴィスを抱き締め、ほほえんだ。

「あなたのユニークで田舎風な表現、大好きよ。いつも理解できるわけじゃないけれど」

いくぶん緊張がほぐれ、トラヴィスは笑った。

「そのうち、きみにじっくりカウボーイ用語の集中講座をしてあげよう。だが、いまはもっと楽しい考えがある」

体内に渦巻く男性ホルモンをどうにかコントロールしつつ、トラヴィスは頭を下げ、フィノーラに口づけをした。同時に膝で彼女の脚を割って、身を据える。

じっくり愛し合いたいのはやまやまだ。しかし、リムジンで二時間もかけて街から戻ってきたのだ。ホテルに着いたときには、ふたりとも後戻りできないほどに燃え上がり、ゆっくり愛し合うことなど考えられなくなっていた。

トラヴィスは腕のなかに横たわる女性を見つめた。彼女のおなかにはぼくの子どもがいる。フィノーラの情熱的にきらめくエメラルド色の目と、誘うような笑みをたたえた唇ほど美しいものは、見たことがない。「どこにぼくが欲しいんだい、フィノーラ?」

磁器のような頬を赤く染め、フィノーラは無言でトラヴィスを導いた。

トラヴィスはゆっくりと身を沈めた。フィノーラのしなやかな体に迎え入れられ、彼は名状しがたい感情にとらわれた。妻ローレンを亡くしたあと、長いあいだ見失っていた自分の半身を見つけた気分だった。

その感情が何を意味するのか考えまいとしながら、トラヴィスは一定のペースを保って動きつづけた。ふたりが求めている欲求を満たすことだけに集中した。

ふたりは完全にひとつになって、ひたすら頂点を目指した。あっけないほどすぐに、フィノーラのクライマックスを迎える準備はととのった。内側の筋肉が収縮し、トラヴィスを締めつける。

フィノーラの喜びを優先させようと、トラヴィスは深く腰を進めた。フィノーラは目を見開き、彼の腕のなかでみずからを解き放った。

トラヴィスもまた、フィノーラを抱き締め、彼女のあとに続くように昇りつめた。そして身をふるわせながら、魂のいちばん奥底で花火が打ち上がるのを感じた。

息を荒らげ、彼はフィノーラの濃い金褐色の髪に顔をうずめて目を閉じた。

この先、ぼくたちはどこへ行こうとしているのだろう？　ふたりの子どもをどう育てていけばいいのか？　まだその答えはわからないが、正しい答えを見つけるために、できるかぎりのことをする覚悟はできていた。

そして、赤ん坊の人生にかかわるだけでなく、フィノーラの人生にもとことんかかわっていきたかった。

金曜日の午後、経理部が提出してきた現段階での見積もりと〈エリオット・パブリケーション・ホールディングス〉の最新情報の報告を、フィノーラはクロエから受けていた。

いつものフィノーラなら、『カリスマ』誌の売り上げをトップにのし上げ、自分がパトリックの後継者として最高経営責任者の座に就くのに役立つ情報なら、なんにでも飛びついただろう。

ところが、この数週間は違った。フィノーラの頭のなかはファッション雑誌より、コロラド州の牧場に住む粗削りでハンサムな長身のカウボーイのことでいっぱいだった。

トラヴィスとは、ジェシーとケードの結婚式の翌朝に別れたきりだった。互いの暮らす場所が離れているという問題をどう解決するかについては、なんの結論も出ていない。それに、妊娠中と出産後のことに関しても、何も決まっていなかった。

実際、リムジンの後部座席でトラヴィスにキスをされてから、話し合いすらしていない。

トラヴィスの巧みなキスを思い出しただけで、フィノーラはうずきを覚えた。さらに彼との愛の行為に思いを馳《は》せると、体内がとろけ、熱いプディングと化した。

こうしてふたりが結びついたのは、孤独なふたりの人間が、互いの腕のなかに慰めと肉体的な解放を見い出したからかもしれない。でも、ふたりの結びつきは、いつのまにか、もっと深く意義のあるものへ変化していた。

おなかの子どもと、ジェシーへの愛情。トラヴィスとの共通点はそれだけだ。そう思うと正気の沙汰《さた》とは思えなかった。なのに、できるかぎり早くコロラドに来てほしいというトラヴィスの要望のことしか考えられない。我ながらいちばん驚いているのは、トラヴィスのもとに駆けつけたくてたまらないということだ。

「フィノーラ、聞いていますか?」クロエの声がフィノーラを現実に引き戻した。

「ごめんなさい。ぼんやりしていたわ」フィノーラは謝った。しっかりとみずからをコントロールしなくては。でなければ、パトリックの仕掛けた競争に勝つことはできない。「なんですって?」

クロエの驚いた表情から察するに、フィノーラは、秘書がとても重要だと思っている情報を聞き逃していたらしい。

「あなたがシェーンを打ち負かして、最高経営責任者の座につくチャンスが充分あると言ったんです」

クロエの顔に興奮の色が浮かんだ。彼女は続けた。

「経理部の噂《うわさ》では、最終的には『カリスマ』誌の売り上げが『バズ』誌を追い越すだろうということです」

「ほんとうなの?」

一カ月前のフィノーラなら、両手を広げてクロエの情報を歓迎していただろう。そのためにずっと自分を奮い立たせ、頑張ってきたのだから。

でも、いまは？

こうも気分がはずまないのはなぜだろうと、フィノーラは疑問に思った。

妊娠のせいかしら？　最高経営責任者の座に就けば、望むように子育てに専念できなくなってしまうから？

それとも、トラヴィスが牧場に戻ってしまい、寂しくてたまらないことに気づいたから？

いずれにしても、フィノーラのなかで優先順位が変わったのは明らかだった。〈エリオット・パブリケーション・ホールディングス〉の後継者に指名されるためにがむしゃらになるつもりは、もはやなかった。

「フィノーラ、いったいどうしたんですか？」見るからに困惑した様子で、クロエがたずねた。「きっとこの情報を聞いたら、飛び上がって喜ぶと思っていたのに」

フィノーラは優秀な秘書にほほえみ、肩をすくめた。「『カリスマ』誌の快進撃のニュースは、とてもうれしいわ。なんとしてもこの競争に勝ちたいと心から思っているわよ」

「でも？」

「それだけよ」フィノーラは広告のコピーの束を秘書に手渡し、ドアを示した。「ハネムーンから戻ったら目を通すようにメモをつけて、ケードのデスクに置いておいて」

クロエは書類の束を手に、黙ってオフィスを立ち去った。

秘書が戸惑うのも無理はないと、フィノーラは思った。でもしかたがない。シェーンに最高経営責任者の座を譲るつもりだということは、秘書にもだれにも打ち明けるつもりはなかった。

フィノーラは心を決めると、くるりと椅子ごと窓に向き直り、マンハッタンの西の方角の空を見つめた。

なんとしても売り上げ競争には勝ちたい。とはいえ、それはパトリックの後釜《あとがま》を狙《ねら》ってのことではなかった。『カリスマ』誌が『バズ』誌に勝利さえすれば、喜んでその座を辞退するつもりだ。

今回の競争に勝てば、きっとパトリックに証明することができる。わたしは、彼がずっと思っていたようなできそこないではないと。

フィノーラは数年ぶりに自信がみなぎるのを感じ、リラックスしていた。そして週末の予定が何もないことに気づいた。かかりつけの産婦人科医から、母体と赤ん坊の健康のために、適度な休息が必要だとアドバイスを受けている。先週はオフィスでの仕事を減らした。けれど、だだっ広い自分のアパートメントでひとりきりで週末を過ごすのは、ひどく気が重い。

トラヴィスはこの週末をどう過ごすのだろうと、フィノーラは唇を噛《か》みながら考えた。彼は、すぐにでもシルバー・ムーン牧場においでと言ってくれていた。

フィノーラはふたたび椅子をデスクのほうに向け、パソコンで検索をかけた。探していた情報が画面に現れるなり、電話に手を伸ばし航空会社にダイヤルする。

チケットの予約係が出ると、フィノーラの鼓動が乱れた。航空券をリクエストしながら、信じられないほどの興奮が全身を駆け抜ける。

「ニューヨークからコロラド州デンバー行きの、いちばん早い便のファーストクラスをお願いします」

7

　デンバー空港に到着したトラヴィスは、時間貸し駐車場にトラックを停《と》めた。いらだたしげに腕時計に目をやると、ターミナルに向かって早足で歩き出した。

　もっと早く着くつもりだったのに、高速道路で渋滞に巻き込まれたせいで遅くなってしまった。追突事故現場の処理が終わるのをじりじりと車内で待っているあいだ、ニューヨークをあとにして以来どれほどフィノーラに会いたかったかを、トラヴィスは思い知らされた。

　ジェシーの結婚式の翌朝、ホテルでフィノーラと別れてから、まだたったの数日しかたっていない。

おまけに、互いに相手のことはほとんど知らないままだ。だが、そんなことは問題ではなかった。フィノーラを最後に見たときから、永遠とも思える時間が経過したように感じる。

　とはいえ、今朝フィノーラが電話で週末の予定をきいてきたとき、トラヴィスは空いていると即答できなかった。

　フィノーラにふたたび会うのがなぜこんなに不安なのか、考えたくなかった。コロラドに戻ってからというもの、前脚に傷を負ったグリズリーさながらにいらいらしてしまう理由を追究したくない。とにかく当面の問題は、これから三日間、人里離れたシルバー・ムーン牧場でフィノーラと過ごすということだ。

　ふたりきりで。

　使用人のスパッド・ジェンキンスは、フィノーラが訪ねてくると知ったとたん、週末にサンタ・フェに住む弟一家のもとを訪問する計画になっていたことを思い出した。どうせ、急ごしらえで考え出した作り話に違いない。スパッドは弟と、二十年以上にわたって仲たがいしているのだから。だが、それをわざわざ年のいったカウボーイに指摘するつもりはなかった。

実際のところ、トラヴィスはフィノーラとふたりきりで今後の関係について考える必要があった。妊娠中のことだけでなく、子どもをどう育てていくかについても。

手荷物引き取り所に行くと、トラヴィスは、ターンテーブルの前で荷物が出てくるのを待っているフィノーラをすぐに見つけた。彼女はジーンズにぶかぶかの黄褐色のセーターを合わせていた。腹立たしいほどよく似合っている。

ドレス、もしくはフォーマルウェア以外の服に身を包んだフィノーラを見るのは、これが初めてだった。カジュアルな服装でも、やはり彼女は魅力的だった。

いいや、何を身にまとっていようと、いつもフィノーラにはうっとりさせられる。

くたびれたバックパックを背負った数人のティーンエイジャーと、人が入りそうなくらい大きなスーツケースを引っ張った老婦人を避けながら、トラヴィスはフィノーラに歩み寄った。そして唐突に彼女の体に腕をまわすと、抱き上げた。まるで戦場から恋人のもとにようやく帰ってきた兵士のごとく、キスをする。

フィノーラを床に下ろしたときには、ふたりとも息が切れていた。

「前回ここに来たときは、こんなに熱烈な歓迎をしてくれなかったと思うけれど？」小さくあえぎながら、フィノーラはたまらないほどセクシーな声で言った。

トラヴィスは我ながら間抜けだと思いつつも、顔がにやつくのをこらえきれなかった。「あのときはまだぼくたちの歴史が浅かったからね、スイートハート」

ターンテーブルに吐き出されたばかりの中型の鞄《かばん》に手を伸ばし、フィノーラは笑った。「あなたに言わせれば、知り合って一カ月でも歴史になるのかしら？」

トラヴィスは肩をすくめ、フィノーラに代わってすばやくターンテーブルから彼女の荷物を取った。「厳密に言うならば、昨日起こった出来事だって歴史さ」

「一本取られたわね」ターミナルのなかを横切りながら、フィノーラは魅力的な笑顔を向けてきた。たちまちトラヴィスの血圧は急上昇した。

出口の自動ドアのところまで来ると、トラヴィスは頭を振った。

「トラックを取ってくるよ。寒いから、きみはここで待っていてくれ」

「その必要はないわ」フィノーラは歩き出した。「歩くのは平気よ。慣れているの。それほど遠くないんでしょう？」

「外はひどく寒い。それに、きみは標高が高い土地の気候には慣れていないだろう？」トラヴィスはジーンズの前ポケットから、トラックの鍵《かぎ》を取り出した。「体を冷やしては、きみにも赤ん坊にもよくない」

フィノーラは、頭の回転のよくない人を見るような目でトラヴィスを見た。「トラヴィス、妊娠は病気じゃないわ」

「わかっているさ」彼はフィノーラの額にキスをし、にっこりするとかぶりを振った。「きみはぼくの手の届くところに来たんだよ、スイートハート。ここにいるあいだは、紳士となってきみの面倒を見るつもりだ」

トラヴィスの家のリビングで、フィノーラは赤々と燃える大きな石造りの暖炉の前に置かれた革張りのソファーに座っていた。

傍らにはトラヴィスがいて、フィノーラの肩に腕をまわしている。

フィノーラは、住み心地のいいシルバー・ムーン牧場のこの家が、大好きだった。木と革でできた豪華な家具も、先住民の住居を思わせる色鮮やかな装飾も、何もかもが温かく、フィノーラを歓迎してくれていた。

家とは本来、こういうものなのだろう。ここにはフィノーラのアパートメントには決してないものがある。

ニューヨークに戻ったら真っ先にインテリア・デザイナーに電話をして、アパートメントの改装を依頼しよう。フィノーラはそう決意した。最先端をいく博物館のような家は、子どもには親しめないに違いない。シルバー・ムーン牧場のように心地よくて安らぐ家こそ、生まれてくる赤ん坊の家にふさわしい。

「二十五セント払うから、きみの考えを聞かせてくれないか?」トラヴィスはフィノーラの頭に頭をもたせかけた。

「わたしは、あなたの考えを聞くために、一セントしか払うつもりはなかったんだけど」フィノーラは、これまでにないほどに安らぎを感じ、リラックスしていた。

「物価は暴騰傾向にあるんだよ、スイートハート」トラヴィスはフィノーラを軽く抱き締め、頭のてっぺんにキスをした。「近ごろでは歯の妖精《ようせい》だって、歯を一本もらうのに一ドル払わなくてはいけないと聞いている」

フィノーラは体を少し離し、トラヴィスを見上げた。「ジェシーが子どものころの相場はいくらだったの?」

「五十セントだよ」トラヴィスのほほえみに、フィノーラは何もはいていない足の先までぞくりとするのを感じた。「少なくとも、あの子が交渉術をマスターするまではね」

「冗談でしょう?」

「ほんとうさ」トラヴィスは忍び笑いをもらし、頭を振った。「抜けた乳歯を枕《まくら》の下に入れて眠っているあの子のために、歯を五十セント硬貨二、三枚と交換してやろうとしたんだ。そうしたら枕の下から、歯の妖精宛《あて》にジェシーが書いた手紙が出てきた」

ジェシーはどんな子どもだったのかしら?「なんて書いてあったの?」

「〝これは物を噛《か》むのに使っていた奥歯だから、少なくとも七十五セントの価値はあると思います〟って」

フィノーラは笑いながら首を横に振った。「ありえないわ」

「ほんとうの話さ」トラヴィスはにやりとした。「歯の妖精は笑いすぎて、危うくあの子を起こすところだった」

「妖精は、七十五セントをあげたの?」

「いいや。ジェシーは五ドル、丸儲《まるもう》けさ」トラヴィスはかぶりを振った。「あの手紙だけで、五ドルの価値はあった」

「すてきな父親ね」ふたりでひとしきり笑ったあと、フィノーラは言った。

トラヴィスはただ肩をすくめた。でも、信じられないほど青い目の輝きを見れば、フィノーラの言葉がうれしかったとわかる。

「最善だと思うことをしたまでだよ」トラヴィスはフィノーラの頬に唇を寄せ、彼女のおなかに片手をあてがった。「この子にも、同じようにするつもりだ」

フィノーラは胸がいっぱいになり、喉の奥をふさぐ大きなかたまりをのみ込まなければならなかった。

「あなたがわたしの赤ちゃんの父親で、ほんとうによかったわ」

トラヴィスは優しい笑みを浮かべた。それを見たフィノーラは、ますます胸がいっぱいになった。

「ぼくたちふたりの赤ん坊だよ、忘れないでくれ。ぼくたちは運命をともにしていくんだ、フィノーラ」

思わずフィノーラの頬をひと筋の涙が伝った。

「ありがとう」

トラヴィスは面食らった様子できいた。「なんの礼だい？」

トラヴィスの引き締まった頬を両手で包み、フィノーラはにっこりとほほえんだ。「あなたでいてくれて」

トラヴィスの男らしい口もとに、何かを約束するような笑みがゆっくりと浮かび、フィノーラの胸は期待にふるえた。トラヴィスはキスをしようとしているのだ。彼の目に宿る強い光は、それ以上のことも約束している。

唇をふさがれ、フィノーラはこのひとときに身をゆだねた。トラヴィスのたくましい腕に包まれているという実感がこみ上げてくる。こうして唇を重ねていると、かつてないほど自分が必要とされ大切にされている気がした。

たとえ知り合って間もなくても、共通点がほとんどなくても、そんなことは関係なかった。トラヴィスと一緒にいると、自分がしていることがいままでにないほど正しいと思える。

突然、フィノーラの胸は高鳴り、心臓が肋骨《ろっこつ》を激しく打ち出した。わたしは彼を愛してしまったのかしら？

だれかを愛した経験は数えるほどしかないため、フィノーラにはそれがどういう気分なのかよくわからなかった。

ジェシーの父親セバスチャン・デベローを愛していたのは間違いないが、それは遠い昔のことだ。十五歳の少女ならだれでも、初めてできたボーイフレンドを愛していると思い込むものではないだろうか？

残念ながら、長年にわたって個人的なつき合いよりも仕事にエネルギーを注いできたフィノーラには、トラヴィスに対する気持ちをほかと比べようがなかった。

トラヴィスの唇にうながされ、フィノーラは口を開いた。何も考えずに、体じゅうをめぐりはじめたすばらしい感覚に身をゆだねる。自分の感情を分析するのは、ニューヨークに戻ってからでもいいだろう。

トラヴィスの舌が口内にすべり込むなり、フィノーラのまぶたの裏で閃光《せんこう》が走った。彼の舌に舌をなぞられると、夜空にまたたく星のごとく、魂のいちばん奥深いところで火花がぱっと広がった。飢えたようなキスと情熱の味に、体じゅうが熱くなり、すべての細胞が生き返る。

セーターの下に差し込まれたトラヴィスの手が、腹部、そして胸の下へすべり、フィノーラの背筋は喜びでふるえた。彼が愛撫《あいぶ》の手を止めてゆっくりとブラジャーのフロントホックをはずすと、胸が期待ではちきれそうになる。

触れてほしい。感覚が研ぎすまされた肌にキスしてほしい。

唐突にトラヴィスはたくましい腕で彼女を抱き上げ、ふたりは長いソファーに横たわった。彼の速い鼓動と、絡み合った脚に押しつけられた欲望の証《あかし》が、フィノーラに幸福感をもたらす。トラヴィスの大きな手のひらが胸のふくらみを包み込むと、フィノーラの心臓も早鐘を打ち、脚のつけ根が熱くなった。

自分でも彼に触れたくなり、フィノーラはトラヴィスのシャンブレー織りのシャツのボタンをはずし、広い胸やたくましい腹筋に触れた。薄い胸毛に手のひらをくすぐられ、男と女の違いのすばらしさに驚く。ところが、平らな胸に指先をそっと這《は》わせると、トラヴィスはフィノーラとまったく同じ反応を見せた。

彼がもらした喜びの声に、フィノーラの胸が高鳴った。トラヴィスの体はどこもかしこも完璧《かんぺき》だと、彼の体を詳細に至るまで心に焼きつけながら、フィノーラは思った。ほどこしてくれる愛撫は途方もなく優しいのに、体はたくましく筋肉質で、強さを秘めている。フィノーラのやわらかい曲線を描く体とは、見事なまでに対照的だ。

「このソファーでは狭すぎて、思う存分きみにキスをしたり、きみを味わったりできない」トラヴィスがフィノーラの耳の下のくぼみに歯を立てながら言った。

深みのある低い声と、その言葉が意味するさらなる行為に、期待がつのる。フィノーラの全身は興奮でざわめいた。

「たしかに窮屈ね」

「まったくだ」トラヴィスはむくりと起き上がり、フィノーラを抱き起こした。「もっと広い場所に移ろう」

「そこはどう?」フィノーラは、目の前の床に広げられた色鮮やかな絨毯《じゅうたん》に視線を送った。いぶかしげな表情を浮かべるトラヴィスに向かって、肩をすくめてみせた。「まだ暖炉の前で愛し合ったことがないの」

トラヴィスは絨毯からフィノーラに視線を戻した。その顔にゆっくりと笑みが広がる。「ずいぶん心地よさそうだな」

同意する間もなく、フィノーラはトラヴィスの手で床に下ろされた。ふたりは膝立ちになって向かい合った。

「きみの体が暖炉の火で輝くところを見たい」そう言ってトラヴィスは、ソファー脇《わき》でともっていたランプを消した。

暖炉の落ち着いた明かりだけになると、にわかに部屋は、信じられないほど親密な雰囲気に包まれた。トラヴィスの感情を抑えた目にとらわれ、フィノーラは身じろぎもできなかった。

セーターの裾《すそ》からトラヴィスの両手が忍び込み、ゆっくりとセーターを押し上げていく。フィノーラは両腕を上げ、協力してセーターを脱いだ。みずからブラジャーのストラップを下ろして取り去り、トラヴィスに手渡す。彼が鋭く息をのみ、青い目が欲望で陰るのを見て、フィノーラはぞくりとした。しだいに呼吸が浅くなっていく。

「きみのアパートメントで過ごしたあの夜から、毎晩こんなきみの姿を夢見ていた」情熱でかすれた深みのある低い声が、賞賛するような彼の目つきが、フィノーラの体じゅうにとろける蜂蜜《はちみつ》のごとく甘い熱をもたらした。

フィノーラは、トラヴィスの広い肩からシャツをずらし、たくましい腕から抜き取った。それを脱ぎ捨てた自分の服の上に落とすと、ほほえんだ。「わたしもよ。あなたのことを、夢に見ていたわ」手を彼の胸に当てる。「もう一度こんなふうに触れたかった」

トラヴィスは両手でフィノーラの顔を包み、深い口づけをして、貪《むさぼ》るように彼女を味わった。「きみに触れ、あますところなく味わいたい、スイートハート。何度でも」

首筋から肩、鎖骨へとたどるトラヴィスの唇の感触に、フィノーラは我を忘れ、頭をのけぞらせた。硬くなった胸の先に熱い唇が触れ、舌でなぞられると、全身に喜びの波が押し寄せた。下腹部の奥に痛みにも似たうずきが生まれ、満たしてほしいと訴える。

ようやくトラヴィスが顔を上げたときには、フィノーラはいまにもとろけそうになっていた。

「不公平だわ。わたしだってあなたにキスしたいのに」

「服を全部脱いでからにしないか？」トラヴィスは立ち上がり、フィノーラを立たせた。

ふたりで生まれたままの姿になり、暖炉前の絨毯の上にひざまずいて向かい合うと、トラヴィスはフィノーラを抱き締めた。

肌と肌が触れ合い、やわらかく女らしい体にトラヴィスの高まりが押しつけられる。体じゅうを電流のような衝撃が走り抜け、フィノーラは身をふるわせた。

「きみはすばらしい」トラヴィスが息を乱しながら言った。

情熱的な彼の声が、フィノーラを興奮させた。全身を喜びが駆けめぐる。「わたしも同じことを考えていたわ」

みずからのセクシーな声に、フィノーラは驚いた。自分に色気があると思ったことなど、いままでなかった。でもトラヴィスと一緒なら、どんなことも可能だ。

トラヴィスはフィノーラを床に横たえ、じっと見下ろした。彼の瞳に宿る欲望と、ひとつになろうという決意を目の前にして、フィノーラのもっとも女性的な部分に熱い奔流が流れ込む。唇が重なり、舌がすべり込んでくると、フィノーラの下腹部のうずきは強まり、あえぎがもれた。

トラヴィスのキスはやがて、唇から胸の谷間、そしてさらに下へと移っていった。フィノーラははっと息をのんだ。まさか……。

「ト、トラヴィス？」

トラヴィスは顔を上げ、鼓動をかき乱すような目で見つめてくる。「ぼくを信じてくれるかい、フィノーラ？」

声を出すことができず、フィノーラは無言でうなずいた。いままでトラヴィスみたいに愛してくれる人はいなかった。どうか、このまま終わらないでほしい。

トラヴィスの唇が腹部をたどるにつれ、喜びの波が次々に打ち寄せてくる。フィノーラは目を閉じ、必死に呼吸の仕方を思い出そうとした。けれど、男性が女性にできる最高に親密なキスをされたとたん、あまりの衝撃の大きさに燃え尽きてしまいそうになった。

「お願い、もう……」

トラヴィスは、フィノーラがどれほど切羽つまった状況にあるか察したようだ。彼女を抱き寄せてじっと見下ろすと、優しく唇を重ね合わせた。トラヴィスの硬い手のひらに、このうえなくいたわりに満ちた仕草で肌を撫《な》でられ、フィノーラの目に涙が浮かんだ。まるで彼の手で焼き印を押されているみたいだった。

やがてトラヴィスの手が腰をすべり、内腿に触れると、フィノーラは欲望でふるえた。

彼は脚のつけ根の茂みに触れ、その奥を指で愛撫しはじめた。フィノーラはたちまちエクスタシーの渦にのみ込まれた。途方もない喜びに襲われ、反応せずにいられない。

トラヴィスの愛撫に体を弓なりに反らせながらも、フィノーラはなんとか正気を保とうとした。「お、お願い……」

「感じるかい、スイートハート?」耳もとでささやく低い声が、甘美な緊張を高める。

「あなたが……欲しいの」

フィノーラのとぎれがちな訴えに応《こた》え、トラヴィスは膝でフィノーラの腿を割り、脚のあいだに体を置いた。フィノーラは目を閉じたまま、彼の欲望の証が押しつけられるのを感じた。ところが、ひとつになる前にトラヴィスが言った。「目を開けて、フィノーラ」

彼の濃いブルーの目に情熱が燃えたぎっている様を見て、フィノーラは息をのんだ。トラヴィスは自制しながら、ゆっくりと優しく腰を押し進め、フィノーラと完全にひとつになった。

そのままたっぷり数秒間、トラヴィスは身じろぎもせずにじっとしていた。彼がこの瞬間を、そして自分を味わっているのが、フィノーラには本能的にわかった。

トラヴィスはいったん身を引き、また深々とフィノーラのなかに分け入った。時が止まる。彼が一定のペースで刻むゆっくりとしたリズムが、フィノーラの興奮を夢のようなスピードで高めていく。トラヴィスが動くたびに、彼女のなかで渦巻く炎はますます燃え盛った。フィノーラは気を失わないように、彼の広い背中にしがみついた。

だがあっけなく甘い緊張は解け、フィノーラの体じゅうに快感の波が次から次へと押し寄せた。全身がリラックスし、ゆっくりと現実に戻るにつれ、満ち足りたあえぎ声は抑えられないすすり泣きに変わった。

フィノーラの耳に、トラヴィスのうめき声が飛び込んできた。次の瞬間、彼もまたみずからを解き放ったのを体で感じた。

彼女の首筋に顔をうずめるようにくずおれたトラ

ヴィスを、フィノーラは抱き締めた。このすばらしい男性が自分のものであるという感覚を、いつまでも味わいたかった。

トラヴィスはようやく呼吸がととのうと、肘をついて上半身を起こし、フィノーラの頬にかかる髪を優しく払った。

「だいじょうぶかい?」

フィノーラはほほえみ、彼のたくましい顎を手のひらで包んだ。「間違いなく、人生最高の経験だったわ」

トラヴィスは低く笑いながらフィノーラの傍らに寝そべり、彼女を抱き寄せた。フィノーラの全身に新たな熱が駆けめぐる。「もしぼくが思いどおりにすれば、いまのは、この週末にぼくらを待っているすばらしい体験のほんの幕開けだ」

フィノーラの背筋が喜びにふるえる。「その言葉、忘れないでね、カウボーイさん」

「きみこそ」トラヴィスはフィノーラの唇に、かすめるようなキスをした。「そうすれば、また信じられないくらいすばらしい経験を味わわせてあげよう」

腿にトラヴィスの体が押しつけられた。胸の奥に甘美なものがこみ上げ、体が彼に応える。フィノーラは彼の肩に両腕をまわし、にっこりとした。「約束は守ってもらうわ」

トラヴィスがほほえむと、フィノーラの鼓動は速まった。「ハニー、ふたりにとってすばらしい夜にしてあげよう」

うれしいことに、トラヴィスは約束を守ってくれた。

眠っているフィノーラを抱き締め、天井を見つめながら、トラヴィスはふたりの今後について考えをめぐらせていた。

ぼくたちの行為は、周囲のみんなを不幸にするのではないだろうか？

ふたりだけの問題なら、乗り越えるのはそう難しくない。解決策が浮かばなければ、別々の道を行けばすむことだ。さして揉《も》めることもない。

だが、これはふたりだけの問題ではないのだ。ジェシーと赤ん坊のことも考えなければ。ぼくたちの問題は、あの子たちにも影響を及ぼさずにはいられない。

フィノーラは恋人という関係を築くのが得意ではないと言っていた。ぼくも恋人を求めてはいないと正直に打ち明けたし、実際、ずっと探してこなかった。

亡き妻ローレンを愛したように、別の女性を気にかけることはできないと思っていた。だが、そう結論づけるのは早すぎたのかもしれない。

フィノーラと出会った瞬間、トラヴィスはまるで蜜に群がる蜂のように彼女に惹《ひ》きつけられていた。フィノーラも同じように感じたのは、明らかだった。初めて彼女がシルバー・ムーン牧場を訪れたときがいい証拠だ。ふたりは片時も互いから離れられなかった。

だが、ベッドでの相性がすばらしくいいというだけで、関係を長く続けていけるだろうか？

トラヴィスの考えでは、ふたりの共通点は三つしかなかった。ジェシー。フィノーラのおなかにいる赤ん坊。そして、とどまるところを知らない互いへの欲望。

それらをのぞけば、ふたりの生活は昼と夜ほども違う。

レジストル社製のつばの広いカウボーイ・ハットから、ジャスティン社製のブーツの底まで、トラヴィスは、牧場に生きる男だった。生活はハードだ。どんな天候のときでも、野外で厳しい仕事が待っている。夜はこおろぎや、ときおり聞こえるコヨーテの遠吠《とおぼ》えが子守唄《こもりうた》代わりだ。スーツをめかし込んでブロードウェイやトレンディーなナイトクラブへ出かけるより、地元のディスカウントストアで買った新しいジーンズと清潔なシャツを着て、騒々しい音楽が鳴り響くバーで安いビールをひっかけるほうが、ずっと性に合っている。

トラヴィスの生活がフィノーラには馴染《なじ》みがないように、彼も彼女の生活に馴染みがなかった。フィノーラは眠らない都会に暮らし、仕事をしている。どうしてそんなところで生活ができるんだ？　タクシーのクラクションやパトカーのサイレンが絶えず鳴り響く街では、人が昼夜の区別なく活動していてもなんの不思議もない。それらは氷山の一角にすぎず、トラヴィスが馴染めないことは、まだまだたくさんあった。

フィノーラは毎日のように、空調の効いたオフィスで働いている。窓際に行かなければ、太陽のぬくもりを感じられない場所で。

それに、彼女の身に着けるものはすべて有名デザイナーのロゴ入りだ。牧場で彼女がはいていたジーンズのお尻のポケットにも、どこかのブランド名がついていた。

トラヴィスは、眠ぼけて身じろぎするフィノーラを抱き締め、頭のてっぺんにキスをした。初めてシルバー・ムーン牧場を訪れたとき、フィノーラは広々とした開放的な空間がすてきだと言った。だが、しばらくすれば物珍しさもなくなり、ニューヨークの喧騒《けんそう》が居ても立ってもいられないほど恋しくなるだろう。ぼくだって、ごみごみした都会暮らしを強いられれば、同じくらい不幸になるのは目に見えている。

ようやく眠気が襲ってきて、トラヴィスは目を閉じた。どうすればぼくたちは一緒に子育てができるだろう。子どもには安定した生活が必要だ。まったく違うふたつの世界を行き来させてはならない。

いい考えが浮かばないうちに、トラヴィスはいつのまにか眠りに落ちた。

夢のなかで彼は、エメラルド色の目と金褐色の髪をした女性と子どもと一緒に、シルバー・ムーン牧場で暮らしていた。

8

「まず、どうすればいいの？」

トラヴィスは笑みを浮かべ、干し草運搬用の古いトラックのキーを、運転席に座るフィノーラに手渡した。「キーをイグニッションに挿して、右足をブレーキにのせるんだ」

「簡単だわ」フィノーラは言われたとおりにする。

「それから？」

フィノーラの楽しげな表情を見て、トラヴィスは胸を締めつけられた。あからさまに興奮しながら運転を習うフィノーラの様子が、うれしくてたまらなかった。今後、どんなことであっても、ほかのだれかではなく自分が彼女に教えてやりたいという衝動に駆られた。

「奥側にキーをまわしてごらん。エンジンがかかったら、キーを離すんだ」トラヴィスは丁寧に指導を続けた。

トラックのエンジンが作動しはじめると、フィノーラの顔がぱっと輝いた。

「信じられないわ。自分がこんなことをしているなんて」

「たしかゆうべも、同じことを言ったぞ。ぼくらが――」

「まったく。少しは別のことを考えられないの、カウボーイさん？」フィノーラはトラヴィスの言葉をさえぎり、くすくすと笑った。

久々に若返った気分になり、トラヴィスはにやりとした。「驚くほどすてきで、すばらしい。そう言いたいんだろう？」

「あなたの記憶力が？　それとも、ゆうべの行為

フィノーラは顔をしかめた。「だんだんややこしくなってきたわね」

「そんなことはない。そのうち考えなくてもできるようになるさ」トラヴィスはイグニッションを指差した。「もう一度ブレーキを踏んで。エンジンをかけてから、シフトレバーを握るんだ。ブレーキを踏んだまま、ダッシュボードの〝D〟という小さな表示ライトがつくまで、レバーを少しだけ前に動かしてごらん」

「できたわ」指示どおりやってのけたフィノーラは、得意げな表情を浮かべた。

「うまいぞ。さあ、次は軽くアクセルを踏み込んで」トラヴィスがそう言うが早いか、フィノーラはアクセルを踏んだ。トラックは猛スピードで発進した。

「面白いわ」

「なんてことだ！」ふたりは同時に言った。「が？」

「両方さ」

そのとき、フィノーラがブレーキから足を離した。エンジンが急に止まると、彼女はたずねた。「どうしたのかしら？」

トラヴィスは問いには答えず、助手席から身を乗り出し、フィノーラにキスをした。

しばらくキスは続き、ふたりとも人工呼吸が必要な状態になってようやく、彼は顔を上げた。フィノーラはとがめるようにトラヴィスを見たが、そんな表情は彼女をますます魅力的に見せていた。少なくとも、トラヴィスにとっては。

「仕事に戻りなさい、カウボーイさん。わたしに運転を教えてくれるんでしょう？」

「ギアを入れるまで、ブレーキは踏んでいなければいけないんだ。そうしないと、エンジンが止まってしまう」

トラヴィスが初めてこの牧場でジェシーに運転を教えたのは、十年以上前だ。だが、当時のことは、つい昨日の出来事のように覚えている。あのときは牧草地を突っ走ったあげく、危うく小さな池に落ちそうになった。

牧草地をがたがたと疾走するトラックのなかで、トラヴィスはシートベルトを締めた。どうやらフィノーラとジェシーが似ているのは容姿だけではないらしい。母と娘ふたりとも、恐ろしく不器用な足をしている。

「足をアクセルから離して、スピードを落としたほうがいい、ハニー」トラヴィスは帽子を深くかぶりながら言った。若いころ地元のロデオ大会に何度か出場して、暴れ馬に乗った。あのときと同じ気分だった。

フィノーラがアクセルを緩めると、トラヴィスの呼吸も少し楽になった。例の池は数年前に埋めてあるし、広々とした牧場内には激突するものは何もない。ありがたいことに、馬小屋にいる馬たちの身も安全だ。

「もっと早くに運転を習えばよかったわ」フィノーラは興奮するあまり、頬を紅潮させている。「だれかに運転してもらって乗るよりも、ずっと楽しいもの」

「ぼくはモンスターを生み出してしまったな」トラヴィスはうめいた。フィノーラが、車の往来が絶えないニューヨークで運転すると考えただけで、胃にしこりができそうだ。「まさか、免許を取って車を買おうだなんて思っていないね?」

「これっぽっちも思っていないわ。ニューヨークの道路は車であふれかえっているもの。あんな状況で駐車すると想像しただけで、悪夢よ」フィノーラはトラヴィスに甘えるようなまなざしを向けた。「運転は、シルバー・ムーン牧場にいるときだけにするわ」

トラヴィスの心臓は一瞬止まり、それから全力で打ちはじめた。

フィノーラはまるで、牧場にしょっちゅう来るかのような言い方をした。彼にはそのことが、とてつもなくうれしかった。

「それを聞いて気が楽になった」トラヴィスは言った。

そのとき、フィノーラがトラックを急にUターンさせ、引き返しはじめた。

馬小屋を目指して突き進むトラックのなかで、トラヴィスは思った。どうやら馬たちの身は思ったほど安全ではないらしい。

「余裕を持ってブレーキを踏むんだ。すぐには止まれない」

フィノーラは明らかに彼の言葉に従ったようだ。

次の瞬間、彼女がブレーキを踏み込むと、トラックはがたがたと大きな音をたてて停止した。「スムーズに止まるには技術がいるわね」フィノーラは顔をしかめた。

トラヴィスはステアリング・コラムに手を伸ばし、キーをまわしてエンジンを停止した。「その方法は次回のレッスンで教えるとしよう」だれだか知らないが、急停止時に横すべりを防止するブレーキ・システムを発明した人間に、トラヴィスは感謝の祈りを捧《ささ》げた。

驚いたことに、フィノーラはシートベルトをはずすとトラヴィスの首にしがみついてきた。「ありがとう、トラヴィス」

「何がだい？」

「この週末、信じられないようなことをいろいろ教えてくれて」フィノーラに笑みを向けられ、トラヴィスの体温は急上昇した。

彼はにやりと笑って、フィノーラを抱き寄せた。

「ほんとうかい？」

エメラルド色の目をいたずらっぽく輝かせ、フィノーラはうなずいた。その様子にトラヴィスは見惚《みほ》れた。「あなたが教えてくれたことのなかで、いくつかはほんとうに驚いたわ」

トラヴィスは顔を寄せ、フィノーラにキスをした。

「少し家に戻らないか？」

「何か考えがあるの？」フィノーラに耳もとでささやかれ、トラヴィスの体は二秒もたたないうちに熱くなった。

トラヴィスはうなずくと、シートベルトをはずしてトラックを降りた。車の前をまわって運転席側に行き、ドアを開ける。「きみにもっと教えたいことがある」

フィノーラはほほえんだ。「信じられないくらいすてきなこと？」

トラヴィスは笑い声をあげてフィノーラと席を代わり、彼女が助手席に着くとエンジンをかけた。トラックを発進させて、家へ向かう。「ハニー、びっくりして腰を抜かさないように、覚悟しておくんだよ」


「わたしたちの今後について、何か考えた？」トラヴィスとともに夕食の支度をしながら、フィノーラはたずねた。

明日の朝には、フィノーラはニューヨークへ戻らなくてはいけなかった。それなのにふたりはまだ、赤ん坊のことを話し合っていない。決定は先延ばしになったままだ。

「少しはね。でも、結論は出ていない」鋳鉄製の大きなフライパンで二枚のステーキを焼きつつ、トラヴィスが答えた。

「わたしもよ。具体的な案は思いついていないわ」

ガーデンサラダ用の野菜を切っていたフィノーラは、

考え込むようににんじんの切れ端をかじった。「お互い、娘と同じだけ一緒にいられないと公平じゃないわね」

「息子かもしれないよ」トラヴィスはフィノーラに向かってにやりと笑ってみせた。たちまち彼女の心臓は跳ね上がった。「男の子が生まれる確率は半分だ」

「そうね」

ホルモンが目の前の男性に注意力を奪われないうちに、フィノーラはやりかけの作業に戻った。見つめ合ったり触れたりするだけで、ふたりのあいだには電流にも似た情熱がほとばしってしまう。そして気づけば、互いの腕のなかで抱き合っているのだ。

フィノーラはきゅうりを薄切りにして、レタスの上に丸く飾りつけた。「子どもが学校に通うまでは、あまり問題ないわね」

トラヴィスは笑った。「きみはずいぶんぼくの先をいっているな。ぼくはまだ、きみが妊娠しているあいだ、どうやってふたりでニューヨークとここ})を行き来すればいいか考えていたというのに」彼は二枚の皿にステーキを並べ、グレービーソースをかけた。「ここは春から夏にかけて、目がまわるほど忙しくなるんだ」

「春はどんな感じなの？」

トラヴィスは牧場について語りはじめた。フィノーラは目を輝かせて彼の話に聞き入りながら、見聞きしたことすべてを照らし合わせ、このシルバー・ムーン牧場が地上でいちばん穏やかな場所に違いないと確信した。

「雪が溶けると、あたりは緑に包まれる」トラヴィスはほほえんだ。「それから、色とりどりの野の花が咲きはじめるんだ」

「とてもきれいでしょうね」

トラヴィスはうなずいた。「遠くの雪をいただいた山々は、コロラド・スプリングのあちこちの土産店で売っているポストカードから切り取ったみたいだよ」

「ぜひ見たいわ」フィノーラの声に、抑えきれないあこがれの響きがにじんだ。

トラヴィスは背後からフィノーラのウエストに腕をまわした。彼女はそのたくましい胸に寄りかかった。

「よかったら赤ん坊が生まれたあと、馬で遠乗りをして、高原へ連れていってあげるよ」

フィノーラは振り向いてトラヴィスの肩に両腕をまわし、爪先立ちして頬にキスをした。「うれしいわ、トラヴィス。でも、まだ乗馬は教わっていないわよ」

「赤ん坊が生まれるまでは無理だ」トラヴィスが首を振る。「もし落馬したらおおごとだ。流産するかもしれない」

ばかげているわ。そうは思っても、トラヴィスの言葉にフィノーラの胸は痛いほどよじれた。おなかの子は、彼にとって血のつながった唯一の子ども。彼にとっても大切な子どもなのだ。

でも、トラヴィスが心配しているのは赤ちゃんのことだけ？

お互いの肉体に夢中になっているのは否定できない事実だった。だからこそ、こういう状況になったのだ。だけど、トラヴィスにとってはそれだけなのかしら。彼が大切なのは赤ちゃんだけなの？　そもそも、わたしはどうして急にこんなことが気になるのだろう？

「ハニー、だいじょうぶかい？」

「ちょっと疲れたわ」フィノーラはトラヴィスの腕から身を引いた。「夕食は食べずに、少し寝てもいいかしら？」

急に態度が変わったフィノーラに、トラヴィスが驚いているのがわかった。だが、どうしようもなかった。気持ちを整理する時間が必要だ。彼が気にかけているのが赤ん坊だけでないことが、急に重要に思えた理由も突きとめたい。

ばかみたいに泣き出す前に、彼から離れなくては。そう思い、フィノーラは玄関を抜け階段を駆け上がった。だが、突然ふわりと体が浮くような奇妙な感覚を覚えたかと思うと、堅い木の床にどさりと落ちた。

床に倒れたまま、フィノーラは自分に何が起こったのかわからずにいた。不意に体の左側に鋭い痛みが走り、息をのみ体を丸めた。

激しい耳鳴りがして、部屋がぐるぐるまわりはじめる。底なしの闇《やみ》に引きずり込まれるような気がした。

トラヴィスに名前を呼ばれている。でも、暗い影から逃れられない。薄れる意識のなかでフィノーラの脳裏をよぎったのは、あれほど欲しかった赤ん坊と、愛しているとようやく気づいた男性を失うことだった。

トラヴィスは、救急治療室の待合室に座っていた。ただちにフィノーラの状態を教えてもらえなければ、病院を破壊しそうなほど息巻いていた。フィノーラを病院に担ぎ込んだあと、医師たちに検査室から追い出され、そのあとずっと立ち入り禁止状態で待たされているのだ。

いらいらとため息をつき、トラヴィスは両手で顔をこすった。リビングルームでどさりという大きな音がして、奇妙な沈黙が続いたとき、心臓がひっくり返りそうになった。すぐさまフィノーラの名を呼びながら、駆けつけた。

そして階段の下で倒れているフィノーラを見た瞬

間、体内をめぐる血液は凍りつき、寿命がたっぷり十年は縮んだ。

「ミスター・クレイトン？」

トラヴィスが顔を上げると、白衣姿の女性が救急治療室の両開きのドアを開けて立っていた。彼ははじかれたように立ち上がり、歩み寄った。「どうですか？」

「わたしはドクター・サントス、産婦人科の当直医です」医師は手を差し出し、トラヴィスと握手をした。

「フィノーラはだいじょうぶなんですか？」トラヴィスは医師につめ寄った。

フィノーラのおなかの子にもしものことがあれば、死ぬほど悲しい。だがフィノーラの命とどちらが大切かということになれば、答えは決まっている。フィノーラにとって最善の治療を、トラヴィスはしてほしかった。

ドクター・サントスはほほえみながらうなずいた。

「ミス・エリオットは階段から落ちたとき、肋骨《ろっこつ》を骨折しました。でも、赤ん坊ともども無事ですよ。彼女は健康体だし、妊娠も正常だし、問題ないでしょう」

「よかった」安堵《あんど》のあまり、トラヴィスはよろめいた。膝から力が抜け、まるでゴムになったかのようにぐらついた。

「数日はベッドで休む必要があります。数週間は動かないほうがいいですね。それで問題がなければ、普通の生活に戻れます」ドクター・サントスはカルテに何やら記入してから、顔を上げた。ブラウンの目がトラヴィスの目と合った。「それから、次回の出産前検診まで、性交渉は避けたほうがいいでしょう」

「フィノーラに会えますか？」トラヴィスはたずねた。どうしても、フィノーラの無事を自分の目でたしかめたかった。

「いま、着替えている最中です」ドクター・サントスはそう言うと、スイングドアを開けて病室に戻ろうとした。「退院患者専用出口にトラックをまわしておいてはどうですか？」

トラヴィスは怪訝《けげん》な顔をした。「フィノーラを退院させるんですか？　検査は？　経過を見なくていいんですか？」

フィノーラを牧場に連れて帰りたくないわけではなかった。むしろ、いますぐ連れて帰りたいくらいだ。だが、トラヴィスは彼女に最高の治療を受けさせたかった。

「落ち着いてください、ミスター・クレイトン」医師は茶色い目を輝かせた。「ミス・エリオットも、ここにいるより家で安静にするほうが、ずっとくつろげるはずです。もちろん、何かあったらすぐ連れてきてください」


数分後、トラヴィスが退院患者専用出口の外にトラックを停《と》めて待っていると、看護師に車椅子を押されたフィノーラが近づいてきた。彼はトラックの座席にフィノーラを楽な姿勢で座らせ、三十キロ離れたシルバー・ムーン牧場を目指してトラックを発進した。

「あなたの家にもう少しいるように、ドクターは言っていた？」

フィノーラの声は弱々しくふるえている。トラヴィスは胸が痛んだ。

フィノーラは彼がいままで出会ったなかで、もっとも強い女性だった。めったなことでは、こんなに落ち込んだりしない。だが、いまフィノーラが動揺しているのは体が痛むせいではなく、流産しかけたショックのせいだ。

「出産するまでシルバー・ムーンにいてもいいんだよ」トラヴィスはフィノーラの手を取った。

フィノーラは疲れたような笑みを見せた。「そうしたいのはやまやまだけれど、雑誌の仕事に戻らないと」

フィノーラの言葉は、トラヴィスの腹にパンチを食らわせた。彼ははっと気づいた。フィノーラはもちろん、あのいまいましい雑誌の仕事に戻って、〈エリオット・パブリケーション・ホールディングス〉の次期最高経営責任者の座を争いたいのだ。ジェシーも前に言っていたじゃないか。フィノーラは『カリスマ』誌に命を捧げていると。朝、彼女はだれよりも早くオフィスに現れ、だれよりも遅く帰宅すると。

トラヴィスは、ふたりが惹《ひ》かれ合うことでどんな結果になるのか考えては、眠れぬ夜を重ねていた。だが、答えは出たようだ。

「痛い！　もう、ちっともよくならないわ」立ち上がってそろそろとドレッサーに近づこうとしたフィノーラは、脇腹《わきばら》を押さえてうめいた。

動けば痛いだろうと覚悟はしていた。でも、これほどとは。フィノーラはしばしトラヴィスのベッドの端に座ったまま、歩いてバッグを取りに行く勇気をかき集めた。

バッグから携帯電話を出し、早くオフィスに電話してケードと話さなくてはいけない。

ケードにはこれから二週間、パトリックの仕掛けた競争に勝つために、編集主任代理として『カリスマ』誌を順調に経営してもらわなくてはならないのだから。

最高経営責任者の地位に就く気はさらさらないが、フィノーラは『カリスマ』誌を売り上げトップの座にのし上げて勝者になり、パトリックに見せつけてやりたかった。あなたの娘はまったくの期待はずれではなかったと。

「何をするつもりだ？」

突然、トラヴィスのどろくような声がして、フィノーラは飛び上がった。怪我《けが》をした肋骨がますます痛む。

「携帯電話がいるのよ」

「なぜぼくに頼まない？」トラヴィスは持っていたトレーをドレッサーの上に置き、フィノーラをベッドに戻した。「バッグのなかかい？」

「ええ」フィノーラは重ねた枕《まくら》に背をもたせ、浅い呼吸を繰り返して脇腹の痛みをやりすごした。「オフィスに電話して、わたしが復帰するまでケードに代役を頼みたいの」

トラヴィスはフィノーラにバッグを渡した。「今日は、ケードとジェシーがハネムーンから戻る日じゃないか？」

フィノーラはバッグに手を入れて、携帯電話を捜しながらうなずいた。「帰宅するなり、ケードもさんざんでしょうね。新婚気分も抜け切らないのに、わたしが戻るまで脇目もふらずあくせく働けと言われるなんて」

トラヴィスは声をあげて笑った。「ジェシーもいい顔はしないだろうな」

「きっとあの子、オフィスで彼にべったりでしょうね」フィノーラは笑うと、脇腹を押さえた。「笑っただけで痛いわ」

トラヴィスのからかうような表情が一変した。「ほんとうにだいじょうぶなのか？　ほかに調子の悪いところは？」

「いいえ、どこも問題ないわ」フィノーラは首を横に振り、電話をかけることに意識を集中させようとした。やはりトラヴィスは、わたしが子どもの母親だから心配をしているだけなのだ……そのことに失望を覚えたのを、気取られたくなかった。

トラヴィスはしばらくフィノーラをじっとうかが

うように見ていたが、咳払《せきばら》いするとドレッサーの上のトレーに手を伸ばした。「朝食はキッチンに置いておくよ。電話が終わったら教えてくれ。温めなおして持ってくる」

秘書のクロエが電話に出たので、フィノーラは唇だけ動かし、彼に礼を言った。

クロエが慣習的な電話応対をするのを聞きながら、フィノーラはトラヴィスがもう一度自分のほうを見てから、トレーを手に部屋を出ていくのを見守った。彼女がおとなしく寝ていようとせずに仕事をしていることを、トラヴィスが快く思っていないのはわかっていた。でも、彼は賢明にも口出しせずにいてくれる。

「クロエ、フィノーラよ」フィノーラは受話器に向かって言った。

「フィノーラ、どこにいるんですか？　どうしてオフィスに来ないんです？　だいじょうぶ？」たちまち弾丸のように質問が飛んできた。いかにもクロエらしい。

笑顔でフィノーラは答えた。「週末を使って、コロラドを訪れているの」

「まあ、ジェシーの父親に会いに行ったんですね。例のカウボーイ？」

「そうよ」

フィノーラが口を挟む間もなく、クロエはトラヴィスのハンサムぶりを褒めちぎった。そしてフィノーラの妊娠を知って、どんなにわくわくしているかまくし立てた。

「ケードは出社している？」秘書の話がひとしきり終わったところで、フィノーラはたずねた。

「一時間前に、ジェシーと一緒に現れました。けれど、ふたりして彼のオフィスにこもりっきりですよ」クロエはくすくす笑った。「新婚カップルですもの」

エコーがかかっていた。

「ケード、フィノーラよ。あなたにお願いがあるの」

「そちらに行きましょうか？」

フィノーラはため息をついた。「無駄だからやめたほうがいいわ。わたしはいま、コロラドにいるの」

「パパと牧場にいるの？」ジェシーの興奮した声が聞こえてきた。

「ええ」

「いつからいるの？　まだしばらく滞在するつもり？」ジェシーはますます興奮してきたようだ。

「三日前からよ。そうね、あと二週間はこっちにいるつもり」

「二週間ですって？」ケードの大きな声が響き、フィノーラは思わず耳から携帯電話を離した。「この大事な時期に、オフィスを留守にするつもりです

フィノーラは顔をしかめた。ふたりの幸せに水を差したくはない。でも、これは仕事の電話だ。義理の母親としてではなく、ボスとしてケードに話がある。

「彼のオフィスに電話をまわして」

「いつ戻ってくるんですか、フィノーラ？」クロエの声に興奮の響きが混じっている。何か言いたがっているようだ。

「二、三週間は戻らないと思うわ」

クロエが息をのむ。「冗談でしょう？」

「残念ながらほんとうよ」フィノーラは目のあいだを指でつまみ、ひどくなりそうな頭痛を抑えようとした。「さあ、ケードのオフィスに電話をつないでちょうだい」毅然《きぜん》とした声で、もう雑談は終わりだと暗にほのめかした。

「ケード・マクマンです」スピーカーフォンを使っているらしく、聞こえてきたケードの声はわずかに

か？」

「とにかく、落ち着いて聞いてちょうだい」『カリスマ』誌のことになると、みずから主導権を握り、成果を上げるのがフィノーラの第二の習性になっていた。「わたしが月末に復帰するまで、あなたが編集主任よ、ケード。売り上げアップのために、みんなのお尻をたたいてちょうだい。クロエから毎日、会計報告書を受け取って。それから印刷にまわす前に、広告のキャッチコピーをすべて念入りにチェックしてね」

「ほかには？」

「毎日電話で状況を知らせてちょうだい」フィノーラは言葉を切った。「わたしがどれほどこの競争に勝ちたいか、言わなくてもわかっているわね？」

「ええ、フィノーラ。あなたは最初から、競争に勝つことがどんなに大切か言っていました」長い沈黙が流れた。ケードはどう質問を切り出そうかと考えているのだ。

「何かしら？」

ケードが不満げなため息を吐き出す様子が、目に見えるようだった。「何年も休暇なんて取らなかったのに……なぜ、いまなんですか？　一月に最高経営責任者の座を勝ち取るまで、待てないんですか？」

「休暇を取らずにすむなら、わたしだってそこにいるわ」

「フィノーラ、何かあったの？」娘の心配そうな声が、フィノーラの胸を打った。

「だいじょうぶよ、スイーティー。ほんとうに」フィノーラは娘に事故とドクターからのアドバイスを説明してから、つけ加えた。「でも、あなたのパパはだいじょうぶじゃないかもしれないわ」

「パパにつきまとわれているのね？」ジェシーが言った。「パパは自分でコントロールできない状況が苦手なの。こういうときは、いつだって大騒ぎするのよ」

「大騒ぎなんてものじゃないわ。いまだって、ベッドに朝食を持ってこようとして、わたしが電話を切るのを手ぐすね引いて待ち構えているわ」

「パパがあなたの気を狂わせようとしているって、やっとわかってきた？」

フィノーラが顔を上げると、ありったけの朝食をのせたトレーを手に、トラヴィスが部屋に入ってくるところだった。

「いいえ。もう、狂わされているわ、スイートハート」

9

トラヴィスははらはらしながら、フィノーラがソファーまで歩いていき腰を下ろす様子を見守っていた。

ほんとうはもう一日、フィノーラを安静にさせておくつもりだった。だがフィノーラは〝ドクターは二、三日休養するように言っただけでしょう。階段から落ちてから、もう四日もたっているのよ〟と言って、きかないのだ。そういうわけで、トラヴィスはしぶしぶフィノーラがベッドから出るのを認めた。ただし、彼が同じ部屋にいるときだけという条件つきで。

フィノーラは、職場の男性全員をその場で凍りつかせるような目でトラヴィスを見た。だが、それくらいでひるむようなトラヴィスではなかった。おまけに、ここは彼の縄張りだ。フィノーラが〝飛びなさい〟と命令すれば、〝どれくらいですか？〟と周囲が反応する、どこかの会社の重役会議室ではないのだ。

「ねえ、トラヴィス。お願いだから、わたしのことを壊れものを見るような目つきで見ないでちょうだい」フィノーラは頭を振った。「肋骨《ろっこつ》がずきずきと痛む以外は、あなたの馬と同じくらい健康体なのよ」

トラヴィスは肩をすくめた。「きみは馬には見えないよ」

「お礼を言うべきかしらね」フィノーラは顔をしかめた。

そのとき、スパッドが部屋に入ってきた。「フィノーラ、食事か飲み物を持ってきましょうか？」彼はフィノーラにたずねた。

「いいえ、いらないわ。どうもありがとう、ミスター・ジェンキンス」フィノーラはスパッドに向かって礼儀正しく答えた。

「じゃあ、何か必要なときは大声で呼んでくださいね」スパッドは歯のない口でにやりと笑った。「なんなりとお申しつけを」

「ええ、ありがとう」フィノーラはにっこりとほほえんだ。

トラヴィスは、スパッドがキッチンへ下がっていくのを目で追った。

フィノーラは初めてシルバー・ムーン牧場を訪れたときから、スパッドを虜《とりこ》にしていた。フィノーラがしばらく牧場に滞在すると知ったときのスパッドときたら、まるでめんどりだらけの小屋に一羽入れられたおんどりよろしく、あからさまに喜んでいた。

「どっちみち、必要なものがあったわ」フィノーラが立ち上がった。トラヴィスが部屋を横切って駆けつける隙《すき》も与えない。

「どこへ行くんだ、フィノーラ?」トラヴィスは彼女の行く手をさえぎり、代わりに階段に向かおうとした。「寝室にあるものが必要なら、ぼくが取ってくるよ」

フィノーラは首を横に振り、玄関脇《わき》のコート掛けに近づいた。「少し外に出て、新鮮な空気を吸ってくるわ」

「そんなことをして、だいじょうぶなのか?」トラヴィスはフィノーラのあとを追った。

フィノーラを説得しても無駄だということはわかっていた。トラヴィスが自身の結婚生活から学んだことがあるとすれば、女性に対して〝きみにはできない〟と言うのは禁物だということだ。言った瞬間、たちまち苦境に陥るのは目に見えている。

フィノーラがジャケットを羽織るのを手伝い、トラヴィスは自分も上着を着た。ここは作戦を変えようと、彼は決めた。「今朝は気温がいっきに十度は下がったし、にわか雪も降った。あまりの寒さにがたがたふるえて、肋骨の痛みがひどくなるかもしれないぞ」

「往生際が悪いわね、カウボーイさん。あなたやミスター・ジェンキンスの言いなりにはならないわ。家に閉じこもってばかりだと、頭がおかしくなってしまうもの」フィノーラはにっこりとほほえんだ。「さあ、いつまでもここでぶつくさ言っているつもり？　それとも、一緒に来る？」

トラヴィスは観念して、フィノーラのために玄関のドアを開けた。「外に出るなら、馬たちのところへ行って、干草と水がたっぷりあるか見てこよう」少なくとも馬小屋にいれば、風に当たらずにすむはずだ。

フィノーラはエメラルド色の目を楽しそうに輝かせた。あまりの彼女の美しさに、トラヴィスはいつものように下腹部に火がともるのを感じた。

「犯行現場に戻るというわけね」

トラヴィスは声をあげて笑い、うなずいた。「まあね」

フィノーラには言っていないが、トラヴィスはあの夜以来、馬小屋に足を踏み入れるたびにフィノーラのことを思い出していた。そして、ふたりで愛し合ったことを。

「子馬は元気なの？」牧場を横切って馬小屋へと向かいながら、フィノーラがたずねた。

トラヴィスは、意地悪なにやにや笑いを隠そうともせずに言った。「きみが子馬がいたことに気づいていたとは思わなかったな」

「なんて人なの、ミスター・クレイトン。もちろん子馬のことは覚えているわ。そもそもあの夜は、子馬を見に馬小屋に行ったんじゃないの」フィノーラのほほえみは、トラヴィスの体に奇妙な効果をもたらした。

そういえば、ずいぶん長いあいだ彼女と愛し合っていない。

「このひと月で、だいぶ大きくなったんでしょうね」

「ああ。どんな生き物でも、赤ん坊は最初の一年がいちばん成長するんだよ」トラヴィスはうなずきながら言った。馬小屋に着くと、扉をフィノーラのために開けた。「ジェシーも赤ん坊のころ、すくすく育ったものだ。ひと晩でも違いがわかるくらいにね」

「悲しいけれど、わたしが赤ん坊のジェシーについて覚えているのは、修道女に抱かれて連れ去られる小さなあの子の姿だけなの」フィノーラは、母馬と子馬がいる大きな柵《さく》に近づいた。「パトリックは、赤ん坊が娘か息子かすら、わたしに教えないように周囲に厳しく言い渡したの。分娩室《ぶんべんしつ》からジェシーを連れていった看護師が、元気な女の子だと教えてくれたのよ」

トラヴィスは痛いほどに胸を締めつけられた。フィノーラは幼い娘を連れ去られたあげく、もう二度と会えないかもしれないという恐怖と闘ってきたのだ。

「今度は生まれた瞬間から、子どもの成長を見守ることができるんだよ、フィノーラ」トラヴィスはフィノーラの体に両腕をまわし、ぐいっと抱き寄せた。「ぼくたちふたりで見守っていこう」

フィノーラは何も言わず、ただうなずいた。彼女が感情を必死で抑えているのが、トラヴィスにはわかった。

フィノーラがそんな苦痛を抱えていると考えただけで、トラヴィスの胸は張り裂けそうになった。その瞬間、彼は思った。この先、二度と彼女に悲しみを味わわせたくないと。

ひとつ、ふたつと深呼吸すると、体のすみずみにまでその思いが染み渡っていく。

もう否定できない。

たとえふたりの住む世界がどれほど違おうと、ぼくはフィノーラを愛している。

フィノーラは同じようには感じていないかもしれないと思うと、トラヴィスはどうしようもなく不安になった。だが、これだけははっきりしている。正直にフィノーラに気持ちを打ち明けて、チャンスをつかまねばならない。

シルバー・ムーン牧場に住もうとニューヨークに住もうと、フィノーラとおなかの赤ん坊はぼくにとって、命よりも大切な存在だ。何がなんでも、彼女にそう伝えよう。

トラヴィスは頭を下げ、フィノーラにキスをした。熱い口づけに膝から力が抜けていき、思わずくずおれそうになる。

トラヴィスが顔を上げたときにはふたりとも息を切らしていた。トラヴィスはフィノーラを放し、また触れてしまわないよう一歩下がった。「馬たちにえさをやったら、家に戻ってゆっくり話そう、スイートハート」

「ケード、たしかなの？」リビングルームの端から端までを行ったり来たりしながら、フィノーラは受話器の向こうにいる相手にたずねた。「ほんとうに、『カリスマ』誌の売り上げが『バズ』誌に追いついたの？」

トラヴィスと馬小屋から戻ってくると、フィノーラの留守中、五分おきに彼女の携帯電話が〝こおろぎのようにさえずっていた〟とスパッドが知らせてくれた。

すぐさま着信履歴をチェックしたところ、電話はケードからのものだった。三十分で四回も電話をかけてくるほど大切な用件とは、いったいなんだろう。そういぶかりつつ、フィノーラはオフィスに電話をかけたのだった。

「ええ。今朝、まずクロエが休憩中にその情報を聞いたんです。それから、ジェシーが廊下で経理部の連中の噂話《うわさばなし》を耳に挟んだ」ケードはいったん言葉を切ってから続けた。「いま、きちんとした裏づけを取ろうとしている最中です。でもあらゆる情報から判断して、ぼくたちがシェーン率いる『バズ』誌に追いつき、接戦になっているのは間違いありません」

それはフィノーラにとって何よりうれしい知らせのはずだった。彼女やスタッフたちの『カリスマ』誌をトップにのし上げるための努力が実を結ぼうとしているのだと思うと、実際、誇らしい気持ちになった。

だが、そのことが三週間前ほど重要には思えなかった。

「ともかく、はっきりした情報が入ってきたらまた連絡してちょうだい」フィノーラは部屋の向こうで背筋を伸ばして立っているトラヴィスをちらりと見た。彼は慎重な表情で、探るようにこちらを見ている。「それじゃあ、切るわ。ジェシーによろしく伝えて」

電話を終えると、フィノーラはソファー脇のテーブルに携帯電話を置いた。

トラヴィスがうなずいて言った。「どうやらきみのところの雑誌が、お父さんの競争に勝ちそうだね」

「現時点ではトップよ」フィノーラもうなずいた。「もうひと頑張りすれば、勝利は確実なものになるわ」

トラヴィスが大きく息を吸い込んだ。広い胸がふくらむのが、傍目《はため》にもわかった。「そして、きみは一月に〈エリオット・パブリケーション・ホールディングス〉の最高経営責任者の座を、お父さんから受け継ぐわけだ？」

「パトリックはそのつもりよ」フィノーラは精いっぱいさり気なく答えた。

ほんとうは、たとえ競争に勝ったとしても、子どもとできるだけ一緒に過ごすために次期後継者の件は辞退するつもりだった。まだだれにもこの話はしていない。

トラヴィスは首を振った。「ぼくの質問に答えていない」

トラヴィスに話そうかどうか、フィノーラは思い悩んだ。

もう競争なんてどうでもよくなったと伝えるべきだろうか。優先順位が変わり、あなたの妻になってふたりの赤ん坊の母親になること以外には何も望んでいないと。

「わたし……その……」

なんと答えていいかわからず、フィノーラは口をつぐんだ。嘘《うそ》はだめよ。でも、トラヴィスに真実を話す勇気などない。

『カリスマ』誌は、ずっとわたしが求めていた家族の代用にすぎなかったと打ち明けたら、彼は信じてくれるかしら？　トラヴィスに拒絶されて失恋の憂き目を見たりせずに、彼への気持ちを伝えるには、どうすればいいの？

もし、トラヴィスが求めているのが赤ん坊だけで、わたしを望んではいなかったら？　あなたを心底愛しているから、シルバー・ムーン牧場で子どもと三人で暮らしたい……そう言ったら、彼はどうするかしら？

もし、セントラルパークを見下ろす寒々とした孤フィノーラが彼にそう告げようとしたとき、トラヴィスが頭を振った。「先に言っておきたいことがあるんだ」

「わたしも、あなたに話があるの」彼に抱き締められ、ぼくも同じ気持ちだと、ほんのわずかでも態度で示してほしい。胸の内で強くそう願いながら、フィノーラは言った。

「ぼくの話を先に聞いてくれ」トラヴィスはソファーを手で示した。「座ったらどうだい？　ぼくはこういう話は苦手だから、時間がかかるかもしれない」

フィノーラは革張りのソファーに腰を下ろすと、トラヴィスがそれほど大切だという話を切り出すのを、固唾《かたず》をのんで待った。

「ジェシーがきみを捜そうと言い出したとき、ぼくは猛反対した」

フィノーラは心臓が粉々に砕け散った気がした。独なアパートメントを捨ててもかまわないと言ったら？　たとえ彼の考えが違っても耐えられる？

トラヴィスがフィノーラに一歩近づいた。「フィノーラ？」

しっかりして。フィノーラは自分を叱咤《しった》した。どうしてしまったの？　わたしはフィノーラ・エリオット。恐れを知らぬ雑誌編集主任。挑戦されれば受けて立ち、勝利を収めてきた。なのになぜ、理想の男性に、自分の思いと希望を伝える勇気が出ないの？

フィノーラは、信じられないくらい青いトラヴィスの目をじっと見つめた。その瞬間、こんなに気持ちを伝えるのが難しい理由がわかった。トラヴィスはわたしにとって、『カリスマ』誌や〈エリオット・パブリケーション・ホールディングス〉の最高経営責任者の座とは比べものにならないくらい、大切な存在なのだ。

突然襲いかかってきた絶望感に胸を締めつけられ、息ができそうにない。「わたし……知らなかったわ。ジェシーは、あなたがわたしたち母子のことをどう思っているか、ひと言も言わなかったし」

「ぼくが完全に間違っていたんだ。ジェシーがきみに言わなくて正解だ」

トラヴィスは緊張をほぐすように首の後ろをさすってから続けた。

「わかってくれ、フィノーラ。何年も前に養子に出した娘の存在を、きみがあんなにあっさりと認めてくれるなんて思いもしなかった。まだ若かったころの出来事だ。たいていの女性は、忘れたがるものだ」トラヴィスは少しも悪びれない表情をフィノーラに向けた。「ジェシーをぼくたち夫婦の養子にした瞬間から、ぼくはあの子をあらゆるものから守ることに人生を捧《ささ》げてきた。あの子が身も心も傷つかないように」

フィノーラははっと息をのんだ。ジェシーは、クレイトン家というこれ以上ないほどにすばらしい家族にめぐり会えたのだ。改めてそのことに気づかされた。

ジェシーを養子に出したのは、フィノーラの人生でいちばんつらい出来事だった。でも、彼女がひとりで育てるよりもトラヴィスを父親に持つほうが、はるかにジェシーにはよかったのかもしれない。

トラヴィスの言い分も、フィノーラにはよくわかった。だが、もしジェシーが彼の言葉に従っていたら、娘に会うことはなかったのかもしれない。そう考えただけでフィノーラの胸は痛んだ。「わたしがジェシーを拒絶すると思ったのね」とぎれがちにささやいた。

トラヴィスはうなずいた。「ジェシーから電話がかかってくるまで、ぼくは何日も眠れなかった。あの子から、ようやく実の娘だと告げたらきみがとても喜んでくれたと聞くまでは」

フィノーラの目に涙があふれた。「妊娠したとわかったときから、あの子を愛し、生まれてくるのを待ち望んでいたわ」

「わかっているよ、フィノーラ」トラヴィスはほほえんだ。「実際、きみをひと目見たときにわかったんだ。きみはぼくが恐れていたような女性じゃないってね」

「ほんとうに？」フィノーラはおずおずとたずねた。

トラヴィスはフィノーラの真向かいにある石造りの暖炉に腰かけた。「きみは闘争心をむき出しにしたキャリアウーマンだと思っていた。だがほんとうは、温かくて感じがよく、罪なまでにセクシーな女性だった」

フィノーラは息が止まりそうになった。セクシーという言葉にはこれまで無縁だった。「わたしがセクシーですって？」

「ハニー、きみをひと目見たときから、ぼくはおかしくなってしまったんだ」トラヴィスの笑い声が胸に染み渡り、ぬくもりを帯びる。

でも希望を抱いてはいけないと、フィノーラは自分に言い聞かせた。性的に惹《ひ》かれたからといって、彼はひと言もわたしを愛しているとは言っていないのだから。

「わたしたちが、お互いにどうしようもないほど惹かれ合っていることは間違いないわ」フィノーラはうなずいた。

「しかし、そもそもぼくらは大きな問題を抱えている」トラヴィスは真剣な顔つきになった。「きみは大都会ニューヨーク、ぼくはこの片田舎に住んでいる。それに、きみには輝かしいキャリアがある」彼はたくましい肩をすくめて続けた。「ぼくはシンプルな生活を送る、平凡な牧場主だ。いくらぼくらが惹かれ合ったとしても、そこから何も生まれないだ

「わずらわしいのは、息子を育てるために時間と場所をやり繰りすることだ」

「娘かもしれないわ」

「そうだったね」トラヴィスは片膝をつき、フィノーラの両手を取った。「ぼくはいままでの人生で中途半端にしてきたことは何もないし、これからもそうするつもりはない。きみがパートタイムの母親になりたくないように、ぼくもパートタイムの父親はごめんだ」

フィノーラの鼓動が乱れた。「どういうこと、トラヴィス？」

「結婚しよう、フィノーラ」彼は真剣だった。「ふたりでフルタイムの親になって、一緒にぼくたちの赤ん坊を育てよう」

赤ん坊が欲しい、子どもと一緒にいたいとトラヴィスは言っている。でも、わたしを愛し、求めているとはひと言も言っていない。「わ、わからないわ。どうしてなの？」

……

ろう」

フィノーラはがっかりした。トラヴィスはふたりの関係がうまくいかない理由を並べ立てるつもりだろうか？　わたしにチャンスすら与えてくれないの？

トラヴィスは、膝のあいだにだらりとたらした両手に視線を落とした。「ぼくらは順序を間違った。お互いをよく知りもしないというのに、ぼくはきみを妊娠させてしまった」

フィノーラは頬を伝う涙をぬぐった。「あなたは、わたしたちの赤ちゃんを悩みの種だと思っているの？」

「とんでもない」トラヴィスの口調にためらいは感じられなかった。「ふたりの子どもができて、こんなにうれしいことはないさ」

トラヴィスは立ち上がり、フィノーラの座るソファーへ近づいてきた。

トラヴィスは身をかがめると、そっとフィノーラにキスをした。「〝イエス〟と言っておくれ、ハニー」

突然、フィノーラは喉がつまり、返事をするのに咳払《せきばら》いしなければならなかった。

トラヴィスの妻になること以外、何も望んでいない。でも、愛がなければだめなのよ。

トラヴィスの頬に触れ、フィノーラは首を横に振った。「残念だけど、言えないわ」

10

トラヴィスはすっかり間抜けになった気分だった。不安もプライドもなげうって、フィノーラに本心を打ち明けた。それなのに、彼女はこともなげに彼の告白を踏みにじった。

トラヴィスはフィノーラの手を離し、深々と息を吸い込んでから立ち上がった。四十九年ものあいだ生きてきたが、心がこんなにもずたずたに傷つくことができるものだと、初めて知った。トラヴィスはわずかに残った自尊心をかき集めると、たくましい肩をいからせ、フィノーラの目をまっすぐに見すえた。

「わかったよ。だったらいまぼくたちが考えるべき問題は、休暇中にどちらが息子を預かり、どこで
――」

「娘かもね」

トラヴィスはうなずいた。「どこで娘が夏を過ごすかということだ」

突然、フィノーラとのあいだに距離を取る必要を感じて、トラヴィスはドアのほうに向き直り歩き出した。

「なんでもいいから、きみが公平だと思うやり方があれば、遠慮なく言ってくれ。ぼくはそれに従うよ」

「ちょっと待って、トラヴィス」フィノーラに腕をつかまれ、ドアから出ていこうとしていたトラヴィスは立ち止まった。

シャツ越しにフィノーラの手の感触が伝わり、触れられた部分が燃えるように熱くなる。トラヴィスの胸は、耐えがたいほどの痛みに締めつけられた。

腕をつかむやわらかい手から、彼女の美しい顔に視線を戻す。

フィノーラをただ抱き締め、ふたりは一心同体なのだと彼女が認めるまで説得したかった。だがトラヴィスは、いままでだれかに懇願したためしなどなかった。そうしたいと思ったこともない。

いまのいままでは。

「さあ、あなたの話がすんだのなら、今度はわたしの話を聞いてもらう番よ」フィノーラのエメラルド色の目が何かを決意したかのようにきらめいた。その瞬間、トラヴィスはフィノーラのことを、人生におけるどんなものよりも大切でいとしい存在に感じた。

「ぼくにどうしてほしいんだ、フィノーラ？　きみはぼくのプロポーズを、たったいまはねつけただろう」

「そうじゃないわ」フィノーラは立ち上がると、代わりにトラヴィスを、押しやるようにソファーに座らせた。ほっそりしたウエストに両手を当て、彼をきっと見下ろす。「あなたは結婚してほしいだなんて言わなかったわ。ただ、結婚しようと提案しただけよ」

腹立たしいことに、癇癪《かんしやく》を起こしているときですらフィノーラは魅力的だった。けれど、フィノーラの言っていることを理解したとたん、トラヴィスは顔をしかめた。「同じじゃないか」

「いいえ、違うわ」フィノーラはぐるぐると部屋のなかを歩きはじめた。「まったくもって違う。大違いよ」

トラヴィスは、スパッドが様子をうかがいに部屋に入ってきたのを視界の端にとらえた。怒り狂うフィノーラの顔をちらりと見たトラヴィスは、七十歳を越えた使用人をできるだけ速やかに、安全なキッチンに避難させた。

「わたしが、企業同士が合併契約を交わすみたいなよそよそしいプロポーズを望んでいると、ほんとうに思ったの?」

トラヴィスは顔をしかめた。「そんなつもりは──」

フィノーラは黙ってトラヴィスを手で制した。「まだ話は終わっていないわ」そう言って、美しいエメラルド色の目を細める。

重役会議室でのフィノーラはいつも、こんなふうに威厳に満ちているのだろう。

「中途半端ではいやなのよ、カウボーイさん。わたしはすべて欲しいの。結婚も、居心地のよい家庭も、おなかにいる赤ちゃんも。それに、もうひとりかふたりは子どもを設けたいわ」

トラヴィスの胸をちくちくと刺していた痛みが、少し和らいだ。「ぼくがその願いをすべて叶《かな》えてあげるよ」

「ええ、あなたなら全部叶えてくれるでしょうね」フィノーラは言葉を切り、声のトーンをいくぶん落として続けた。「でも、わたしがいちばん欲しいものを与えることができる?」

フィノーラの目からあふれ出る涙を見て、トラヴィスはみぞおちの奥にしこりが生まれたのを感じた。自分が彼女を泣かせたのだと思うと、耐えられなかった。

トラヴィスは立ち上がり、フィノーラに歩み寄って抱き締めた。「何が望みなんだい、スイートハート? きみの望みを言ってごらん。叶えてあげるから」

「赤ん坊を求めるのと同じくらい、わたしのことを求めてほしいの。あなたの妻になりたいのよ。シルバー・ムーン牧場で、あなたと一緒にずっと暮らしたいの」フィノーラの声はかすれ、しだいに小さくなっていった。「あなたの……愛が欲しいの、トラヴィス」

できるものなら自分の尻を蹴《け》飛《と》ばしてやりたいと、トラヴィスは思った。

たしかにぼくは、フィノーラにプロポーズした。だが、どれほどフィノーラがぼくにとって特別な存在か、これっぽっちも伝えようとしなかった。息をするよりも、彼女を必要としていることを。心の底から、彼女を愛していることを。

トラヴィスはフィノーラの体にまわした腕に力を込め、さらに彼女を抱き寄せた。それから、フィノーラが待ち望んでいる生涯の約束をするようにキスをした。

「すまなかった、ハニー。言っただろう。ぼくはこういう話をするのは得意じゃないんだ」トラヴィスは人差し指でフィノーラの顎をとらえ、視線を合わせてほほえんだ。「どうしようもなくきみを愛している。きみにはとうてい想像もつかないくらい、出会った瞬間からずっと」

「ああ、トラヴィス……わたしもよ。あなたのことを、心から愛しているわ」フィノーラはトラヴィスの引き締まった腰に抱きつき、胸に頭をもたせかけた。「怖かったの。あなたが欲しいのは赤ちゃんだけで、わたしを求めてはいないのかもしれないって」

トラヴィスはフィノーラのつややかな金褐色の髪に口づけた。「きみを求めているし、愛しているよ。二度とぼくの気持ちを疑ってほしくない。ぼくの心はきみのものだ、フィノーラ。赤ん坊はぼくたちの愛の結晶だ」

トラヴィスは顔を上げてほほえむと、少し間をおいてから続けた。

「たとえぼくがきみにふさわしくなかったとしても、ぼくの妻になってくれるかい、フィノーラ・エリオット？」

「そうこなくっちゃ、カウボーイさん」フィノーラはあふれ出る涙で頬を濡《ぬ》らしながら、トラヴィスにほほえんだ。「答えはイエスよ。あなたの妻になるわ」

ぼくはこの世でいちばんの幸せ者だと、トラヴィスは思った。「約束するよ。この先、きみを後悔させたりしない、スイートハート。だがきみは、シルバー・ムーン牧場で暮らしたいと本気で思っているのかい？　仕事はどうする？　ニューヨークのアパートメントは？　何もかも失ってもいいというのか？」

「ええ」フィノーラは手のひらをトラヴィスの顎に添え、じっと見上げた。愛情あふれる目で見つめられ、トラヴィスは息をのんだ。「わたしの子どものころの夢は、夫と家族を持つことだったわ。でもジエシーを奪われてからは、『カリスマ』誌がわたしの赤ん坊になった。わたしはそれを大切に育て、成長を見守ってきた。でもとうとう〝赤ん坊〟を手放すときがきたのよ。『カリスマ』誌はファッション雑誌界のリーダー的存在にのし上がったわ。そろそろだれかの手にまかせてわたしは引退し、最初の夢を叶えるときだわ」

「ニューヨークを離れても寂しくないのかい？」トラヴィスはまだ信じられずにたずねた。フィノーラは、これまでの生活を捨ててぼくと結婚し、コロラドの広々とした空の下で子どもたちを育てたいと本気で思っているのか？

フィノーラはうなずいた。「あなたがいるこの美しい大地が、わたしの居場所よ」

フィノーラが浮かべたほほえみを見て、トラヴィスの膝は砕けそうになった。

「このすばらしい場所でわたしたちの子どもを育てたいの。二階のあの大きなベッドで、毎晩あなたと愛し合いたいわ。そしていつか、玄関先のブランコだ。


にあなたと座りながら、庭で遊ぶ孫たちの姿を見たいのよ」

ぼくもだ。ぼくもその夢をすべて叶えたい。そう言いたいのに喉がつかえてしまい、トラヴィスは言葉を出すことができなかった。彼は代わりにフィノーラの唇をふさぎ、ありったけの思いを込めてキスをした。

トラヴィスはようやく顔を上げてほほえんだ。

「お父さんはだれを『カリスマ』誌の後継者に指名すると思う？」

「わからないわ」フィノーラはにやりとした。「でも、さっさと指名したほうがいいわね。だってわたしは、「ジェシーとケード、それに一族のみんなの顔を見るためにときどき里帰りするだけのつもりだから」

「お父さんはどう思うかな？」

フィノーラはパトリックのことを思い、唇を噛《か》んだ。

何年も彼を憎みつづけてきた。でも、つくづく精神力とエネルギーの無駄だったと、いまは思う。そんなことをしても赤ん坊のころのジェシーが帰ってくるわけではないのだ。時間だけが解決してくれた。それに正直なところ、パトリックがジェシーをクレイトン夫妻の養子にしようとしなければ、わたしは一生愛する人と出会えず、二度と母親になるチャンスもなかった。

「お父さんに電話をかけたらどうだい？」まるでフィノーラの心を読んだかのように、トラヴィスが言った。

フィノーラはため息をついた。「なんて言えばいいの？」

「まず、ハローと言ってごらん」彼はフィノーラを電話のところに連れていった。「あとは言葉が自然に出てくる」

フィノーラが両親のいる〈ザ・タイズ〉の電話番号をプッシュしているあいだに、トラヴィスはキッチンに姿を消した。彼は、これから電話で込み入った話が繰り広げられるだろうと察し、プライバシーを与えてくれたに違いない。うれしく感じつつも、気をつかわなくてもいいのにとフィノーラは思った。トラヴィスとのあいだに、秘密を作るつもりはいっさいないのだから。

「こんにちは、お母さん」幸い、二度目の呼び出し音で、メイドではなく母親が電話に出た。

「フィノーラ、あなたの声が聞けてうれしいわ」母の軽快なアイルランド訛《なまり》に、フィノーラはほほえんだ。メーヴは、それぞれに問題を抱えたエリオット一族のまとめ役だ。

「わたしもお母さんの声が聞けてうれしいわ」取るに足らない挨拶《あいさつ》を交わしたあと、フィノーラはたずねた。「パトリックはオフィスから戻っているかしら？」

「ええ、ディア。一時間ほど前、町から戻ってきたわ」

フィノーラは目を閉じ、勇気を奮い起こした。

「代わってもらえる？」

メーヴがパトリックと電話を代わると、とどろくような声がフィノーラの耳に飛び込んできた。「やあ、フィノーラ」

フィノーラは深呼吸し、二十年以上ものあいだ、ふたりに確執をもたらしつづけている話題を切り出した。

「正直に答えてほしいの、パトリック。わたしにジェシーを養子に出させたことを、一度でも後悔した？」

神経が磨《す》り減るような長い数秒間、フィノーラの耳には、パトリックの鋭い息づかいだけが聞こえた。

ようやく聞こえた彼の声は、聞いたこともないくらいぶっきらぼうだった。「当時は、おまえのためにいちばんいいと思ったことをしたつもりだった、フィノーラ。だが結果的に、最悪の決断だったようだ」

　フィノーラは驚いた。まさかパトリックが自分の過ちを認めるとは思わなかった。「そんなこと、一度も言わなかったじゃない」

　ひと呼吸置いてから、パトリックは口を開いた。

「おまえになんと謝ればいいかわからなかったんだ。わたしはおまえの幸せより、プライドや体裁を優先した」

「わたしも、あなたに謝る機会を与えなかったわ」フィノーラは自分の非を認めた。

「わたしは……」パトリックは咳払《せきばら》いしてから続けた。「ようやくおまえとこの話ができてうれしいよ、ラス」

　それはフィノーラが幼かったころ、父が呼んでくれた愛称だった。フィノーラの目にみるみる涙があふれた。「わたしもよ、お父さん」

「愛しているよ……フィノーラ。たとえ時間がかかってもいい。いつか、わたしを許してくれるかい？」声をつまらせる父に、フィノーラの頬をとめどなく涙が伝う。

「ええ、お父さん。もう許しているわ」

　長い沈黙が流れた。ようやく過去のいさかいを乗り越えたという事実に、ふたりが馴染《なじ》むのに必要な時間だった。

「わたし、ジェシーの養父と結婚するつもりよ」フィノーラが沈黙を破った。

「彼はおまえを幸せにしてくれるのか、ラス？」パトリックの声には父親としての心配がこもっている。こんな父の声を聞くのは初めてだと、フィノーラは思った。

「ええ、お父さん。トラヴィスはわたしを、とても幸せにしてくれるわ」

「いい人にめぐり会えてよかった。彼はなかなかの男だし、働き者のようだ。何より、ジェシーをすばらしい娘に育て上げてくれた」続けてパトリックが口にした言葉は、フィノーラをさらに驚かせた。「近いうちに新しい孫の顔が見られそうだな。ほんとうにすばらしい」

「お父さんにそう言ってもらえることがわたしにとってどれほどの意味を持つか、わからないでしょうね」フィノーラは心から言った。

「仕事と赤ん坊の世話をどうやって両立するつもりだい？」パトリックがたずねた。

電話したふたつ目の理由を父に告げる、またとないチャンスだ。

「両立する気はないわ」フィノーラは深呼吸をすると、キャリアと最高経営責任者という地位にきっぱりと別れを告げる覚悟を決めた。「わたしは、たったいまから『カリスマ』誌の編集主任ではなくなるの」

「ほんとうにそれがおまえの望みなのかい？」パトリックの口調は、彼がもう答えを知っていることを告げていた。

「そうよ、お父さん。母親ならだれしもが願うこと……赤ん坊と一緒に過ごすことが、わたしの願いなの」

「おまえを責められないよ、ラス」

「お父さん、もうひとつ話があるの」

「なんだね？」

「わたしの後任には、ケード・マクマンが適任よ。彼は雑誌のことを知り尽くしているし、すばらしいひらめきがあるわ。ケードにまかせれば『カリスマ』誌の経営は安泰よ」

「彼も我が一族のメンバーになったことだしな」パトリックは感慨深げに言った。

フィノーラはもう一度両親に愛していると告げてから、〈ザ・タイズ〉で開かれる新年のパーティーに出席すると伝えた。電話を切ると、彼女はトラヴィスを捜しに行った。この二十三年のあいだで、いちばん気持ちが落ち着いていた。

ようやく残りの人生を歩みはじめることができる、そんな気分だった。

「とてもきれいよ、フィノーラ」ジェシーはフィノーラを見て、目を輝かせて言った。

娘にほほえみかけながら、フィノーラはたずねた。「あなたのお父さんは、もう準備ができているの?」

「うろうろして落ち着きがないわ。そのうち床に穴が開くんじゃないかしら」ジェシーは笑い、フィノーラのウエディングドレスの背中についた小さなボタンを留めおえた。「ケードとマックがふたりがかりで、パパを縛りつけると脅しているわ。スパッドもロープを持ってくるって」

フィノーラは声をあげて笑った。「おととい、トラヴィスにきかれたわ。駆け落ちじゃだめなのかいって」

ジェシーは目に涙を浮かべてうなずいた。「パパはあなたをものすごく愛しているわ。もちろん、みんなもよ」

「わたしもみんなを愛しているわ」フィノーラも目に涙をにじませながら、ジェシーにほほえんだ。「いやだわ。泣くのをやめないと、化粧が台無しになるわ」

ジェシーはティッシュでそっと目頭を押さえ、笑みを浮かべた。「おめでとう。ふたりとも幸せになれて、ほんとうにうれしいわ」

フィノーラはジェシーを抱き締めた。「わたしもうれしいわ。最高の娘とすばらしい義理の息子に囲まれたうえに、愛する男性とこれから結婚しようとしているんですもの」

「時間よ、フィノーラおばさん」

フィノーラは顔を上げ、姪《めい》のブリジットに向かってほほえんだ。夫マック・リッグスとの結婚生活は明らかにうまくいっているらしい。ブリジットは目をきらめかせ、輝くようなオーラを全身から放っている。ウインチェスターに住むすてきな保安官に出会って、姪は変わった。

「すぐ行くわ」ジェシーは代わりに答えると、またフィノーラを抱き締めた。「さあ、パパが床に穴を開けてしまわないうちに慰めてあげに行きましょう」

フィノーラは、ふたりの若い女性のあとについてシルバー・ムーン牧場の家の階段を降りていった。階段の下にトラヴィスの姿を見つけたとたん、胸が高鳴った。

トラヴィスは、ジェシーの結婚式で着ていた黒いタキシードを身にまとい、背筋をぴんと伸ばして立っていた。結婚式で何を着るつもりなのかときいたとき、彼はにっこりして心配いらないと答えたのだった。

フィノーラは、階段の下で出迎えてくれたトラヴィスのハンサムな顔に触れた。

「たしか、このタキシードはクローゼットにしまい込んで、二度と着ないと言っていなかったかしら？」

トラヴィスはにやりとした。「ジェシーとケードの結婚式のとき、きみは自分がなんて言ったか覚えているかい？」

「ええ。あなたはハンサムで……」フィノーラの頬がかっと熱くなった。トラヴィスがタキシードを着ている理由に思い当たり、笑みを浮かべた。「信じられないほどすてきだと」

トラヴィスが低い声で笑うと、フィノーラの体じゅうに欲望の波が押し寄せた。「そのとおり。昨日、ドクターからきみの健康状態についてお墨つきをもらったんだ」

「わたしを驚かせたかったのね？」フィノーラは楽しそうに笑った。

「ハニー、きみを驚かせるのは今夜ふたりきりになってからだよ」青い目には決然とした表情が浮かんでいる。フィノーラは頭のてっぺんから爪先までぞくりとした。「だが、たったいまから、きみはもうぼくのものだ」

フィノーラは何よりもいとおしい男性にほほえみかけた。「ええ、わたしはあなたのものよ、トラヴィス。これからずっと。この気持ちに偽りはないわ」

「そして、ぼくもきみのものだよ、スイートハート」

トラヴィスの優しいキスに、フィノーラはその場でとろけてしまいそうになった。トラヴィスは顔を上げ、フィノーラに腕を貸した。

「そろそろ暖炉のところへ行って、マックに式を始めてもらおう」

トラヴィスとともに夫婦の誓いを挙げながら、フィノーラはこれから始まる未来を思い描いていた。コロラドの広大な空の下で繰り広げられる、愛と幸せに満ちたすばらしい未来を。

とっておきの、ときめきを。
ハーレクイン

忘れえぬ秋の夜
2007年11月5日発行

著　者　キャシー・ディノスキー
訳　者　植村真理（うえむら　まり）

発行人　ベリンダ・ホブス
発行所　株式会社ハーレクイン
東京都千代田区内神田 1-14-6
電話 03-3292-8091（営業）
03-3292-8457（読者ｻｰﾋﾞｽ係）

印刷・製本　凸版印刷株式会社
東京都板橋区志村 1-11-1

ISBN978-4-596-51201-7 C0297

国境を超えて絶大な支持を得る リン・グレアム

私の愛を拒んだ銀行頭取のギリシャ人。でも私には彼の子供がいて……。

『禁じられた告白』

●ハーレクイン・ロマンス　R-2242　**11月20日発売**

ドラマティックなストーリーで愛される キャロル・モーティマー

吹雪が引き合わせた無愛想な有名作家。今年のホワイトクリスマスはこの人と!?

『聖なる夜に降る雪は…』

●ハーレクイン・ロマンス　R-2243　**11月20日発売**

情熱的かつ刺激的な作風で人気の エマ・ダーシー

秘書の私が恋い焦がれるプレイボーイのボス。でも私の結婚相手に選ばれたのは……!?

『策略のダイヤモンド』

●ハーレクイン・ロマンス　R-2240　**11月20日発売**

架空の国を舞台に繰り広げられる
ロイヤル・ファミリーの恋を描いた3部作がスタート!

伝説のネックレス《女王の血》を盗んだのは?　誤解と試練が生んだ真実の愛。

〈古城の恋人たち〉第1話 ロビン・ドナルド作『愛が試される城』

●ハーレクイン・ロマンス　R-2241　**11月20日発売**

困難に立ち向かう3人の傭兵たちが出会う運命の恋3部作スタート!

テロリストの陰謀に巻き込まれた傭兵と看護師。ふたりは手を取り合いながら……。

〈影の戦士たち〉第1話 ロレス・アン・ホワイト作『密林の天使』

●シルエット・ラブ ストリーム　LS-343　**11月20日発売**

セクシーな展開で人気のルーシー・モンローが描くクリスマスの恋

一度は捨てた親友との恋。再び故郷を訪れても彼との距離はそのままで……。

『遠まわりの初恋』

●ハーレクイン・ロマンス・エクストラ　RX-7　**11月20日発売**

11月20日の新刊発売日11月16日（地域によっては19日以降になる場合があります）

愛の激しさを知る　ハーレクイン・ロマンス

恋と惑いの週末	ヘレン・ブルックス／桜井りりか 訳	R-2238
再会は雨に濡れて	マギー・コックス／萩原ちさと 訳	R-2239
策略のダイヤモンド	エマ・ダーシー／吉田洋子 訳	R-2240
愛が試される城（古城の恋人たちⅠ）	ロビン・ドナルド／森島小百合 訳	R-2241
禁じられた告白	リン・グレアム／茅野久枝 訳	R-2242
聖なる夜に降る雪は・・・	キャロル・モーティマー／佐藤利恵 訳	R-2243
砂漠の国の秘め事	ケイト・ウォーカー／青海まこ 訳	R-2244
ボスの知らない秘書	キャシー・ウィリアムズ／伊坂奈々 訳	R-2245

人気作家の名作ミニシリーズ　ハーレクイン・プレゼンツ 作家シリーズ

バロン家の恋物語Ⅱ 競り落とした恋人	サンドラ・マートン／藤村華奈美 訳	P-310
世紀のウエディングⅣ		P-311
プリンスの奇跡	カーラ・コールター／森山りつ子 訳	
プリンセスの誓い	エリザベス・オーガスト／渡辺弥生 訳	

お好きなテーマで読める　ハーレクイン・リクエスト

愛と復讐の物語		HR-154
復讐の甘い罠	マーガレット・メイヨー／大谷真理子 訳	
黒百合の復讐	ミランダ・ジャレット／大林日名子 訳	
誘惑は禁止！（初めて出会う恋）	ドナ・クレイトン／宮崎真紀 訳	HR-155
百万ドルの花嫁（年上と恋に落ち）	ロビン・ドナルド／平江まゆみ 訳	HR-156

ロマンティック・サスペンスの決定版　シルエット・ラブ ストリーム

プリンスをさがせ	シンディ・ディーズ／ささらえ真海 訳	LS-342
密林の天使（影の戦士たちⅠ）	ロレス・アン・ホワイト／杉本ユミ 訳	LS-343

エクストラ

遠まわりの初恋	ルーシー・モンロー／翔野祐梨 訳	RX-7

HQ comics　コミック売場でお求めください　11月1日発売　好評発売中

眠れぬ夜に	岡本慶子 著／テレサ・サウスウィック	CM-31
反逆のプリンス（奪われた王冠Ⅵ）	麻生　歩 著／キャスリーン・クレイトン	CM-32
古城に集う愛（魅惑の独身貴族Ⅰ）	村田順子 著／キャロル・モーティマー	CM-33
罠に落ち、恋に落ち	友井美穂 著／シャロン・ケンドリック	CM-34

クーポンを集めてキャンペーンに参加しよう！

どなたでも!「25枚集めてもらおう!」キャンペーン「10枚集めて応募しよう!」キャンペーン兼用クーポン

2007 11月刊行

会員限定ポイント・コレクション用クーポン

マークは、今月のおすすめ